KAMPUŠ • POLET V MOJ SVET

IVANA KAMPUŠ

Polet v moj svet

DRAVA

CIP - Kataložni zapis o publikaciji
Narodna in univerzitetna knjižnica, Ljubljana

821.163.6-1

KAMPUŠ, Ivana
    Polet v moj svet / Ivana Kampuš. - Klagenfurt = Celovec :
Drava, 2017

ISBN 978-85435-830-5

291941632

Drava

ZALOŽBA DRAVA GMBH
9020 Klagenfurt/Celovec
www.drava.at

© Založba Drava, 2017, Klagenfurt/Celovec
Uredila, Redaktion: Jerneja Jezernik

ISBN 978-3-85435-830-5

Knjigi na pot

Praviš mi,
da je življenje pravljica,
ki jo pripoveduje Modrost,
sedeč ob zglavju nedolžnih …

Po te stihe iz neke pozabljene pesmi sem segel v predal, da bi z njimi pospremil knjigo Ivane Kampuš *Polet v moj svet*. Kajti njen svet je kot pravljica, za katero ni dovolj, da nastaviš uho in ji slediš po poteh in stranpoteh, kamor te pelje avtoričin spomin. Tudi temu ni jasno, kaj pravzaprav hoče povedati, zato pa sega po podobah. Središče, od koder vse izhaja in se vrača, je Tešinja, tihi zaselek, prislonjen na Karavanke, ki so kot meja, ki deli dve domovini, slovensko in nemško. A ta meja se čudežno izbriše pod paličico dekliške fantazije, ki je vsa hkrati v preteklosti in v pričakovanju. Pod njeno taktirko zapleše narava, rastje in živali, vsi ti muci, psi, vrane, miške in zajci – tudi kakšna srna je vmes –, vse zbrano na tem čudežnem travniku, ki se ga da varno opazovati iz hiše, ki je hkrati zavetišče in dom.

Kjer je dom, je tudi domotožje. Ivana Kampuš se spominja očeta in njegove aktovke, s katero se je kot profesor vsak teden vozil v Celovec, spominja se matere, ki je plela ob starih koroških pesmih, kadar ni tkala, kuhala in likala – vzorna gospodinja, žena, mati in babica, kot jih poznajo ljudske pripovedke. A njena družina ni bila samo idila, kje neki! Na Tešinji so orali in gnojarili, sadili in sejali, pleli in želi, v slogi in ljubezni, ki sta jo krepila bogkov kot in žlahtna domača beseda. Tista beseda, ki v Rožu še posebej poje in do danes še ni zamrla. Nič zato, če so ti nemški sošolci pod klopjo strgali slovenske zvezke. Tudi vzgoja pod okriljem redovnic ni bila vedno, kot bi morala biti. In nato služba učiteljice, ki je bila včasih bolj tlaka kot užitek – saj v razredu nisi smel vsega slišati, zlasti ne na dvojezičnem ozemlju! A profesorica Iva, kot najmlajša od štirih Zwittrovih hčera, je odnesla od doma dovolj veliko zalogo navdušenja, s katero je znala obračati hudo v dobro, pri tem pa ni izgubila vere v svoje poslanstvo. V sebi je razvila svojevrstno *hudomušnost*, kar je pri ženski isto kot moška ironija, le da je bolj blaga, nedolžna in – recimo – poetična.

In na tej stopnji se zunanje uho umakne notranjemu sluhu, ki zna še naprej sanjati in pripovedovati, poslušati in odpuščati, v vse večjo čast in slavo božjo. Osebna zgodba se razširi navzven, potegne za sabo nove ljudi in izkušnje, družina raste in se kljub bolečim izgubam še naprej povezuje v eno. Deklica Iva pa ostaja ista, žena, mati, tašča in babica, ki s Koroške včasih poleti tudi kam drugam, denimo v Afriko. A pred njo odstopajo tudi levi. Kot bi vedeli, da mora ta žena nazaj na Tešinjo, kjer naj bi še naprej gojila izročilo in opravljala delo, ki ga namesto nje ne bo opravil nihče drug. Tako sta jo učila njen oče in njena mati, takšna je zaveza njenega rodu in njene dežele.

Takšna je ta zgodba. Kaj sem še hotel reči? Aha, konec tiste pozabljene pesmi:
Lepo pripoveduješ.
A zakaj tako tiho?

Andrej Capuder

Knjige – življenjski biseri

Majhna knjiga
skriva veliko stvari,
v poplavi knjig
pa se vse lahko izgubi.

Knjige so v naši družini zasedale glavno mesto. Že kot otrok sem poznala Mohorjeve večernice, Pratiko, pesmarice Milke Hartman in celo vrsto drugih obrabljenih in oguljenih knjig. Večina naslovov mi ni bila razumljiva. S prijateljico Majdo sva si izmislili sistem, kako sva jih oštevilčili, označili in dali vsaki izmed njih pravo mesto v omari v gornjem nadstropju. Že takrat je bilo to opravilo nekaj posebnega in zavedali sva se, kako sva privilegirani, saj sva lahko mimogrede prešli v pravljični svet, tako da sva se za večerjo le z muko izmotali iz njega. Majda je živela v Mengšu. Kadar je prišla k nam na počitnice, je prinesla s seboj nekaj svojih šolskih učbenikov. Prvič sem brala o Titu in pionirčkih, pa nisem imela preveč dobrega občutka. Vsi so bili zame preveč vojaški, mi pa smo poskušali in smeli živeti brez vsakega orožja. Tito in njegovi pionirčki gotovo niso peli nobenih nežnih pesmi. Kar slišala sem jih, kako korakajo, in to je bilo, kakor da je vojna. In vojna je bila mimo. Nič nisem hotela imeti opravka z njo. Videla sem, kako sta mama in tati izgubila mehki izraz na obrazu, kadar je pogovor zavil v tisto smer, in nato sta oba utihnila, in z njima mi otroci.

Teta Andrecs je pridno skrbela za nas. Naša babica je umrla, ko moj tati še ni hodil v šolo. Teta pa ni imela lastnih otrok, zato je imela nas. Nekega dne je prinesla s seboj ogromno knjigo. Pravljice. Nepopisno, kako hitro je mineval čas, kadar sem jo imela v rokah. Vsaka pravljica je obsegala dve strani in je bila ilustrirana. Od začetka do konca branja so bili ob meni vile, škrati, princese, spletične, kraljeviči, mati kraljica in oče kralj. Postala sem bogata, saj sem se istovetila z vsemi temi prelepimi bitji. V domišljiji sem imela omaro polno oblek, skrinjico polno draguljev in kuhinjo polno dobrot. Včasih sem si predstavljala, kako vila domuje v rdeči vrtnici na našem vrtu. Kako se pogovarja s cvetovi, jih bodri, da bi se opogumili in hitreje odpirali dišeče rdeče čaše. V tej knjigi je živel tudi velikan, ki je zlahka opravljal vsa dela, ki so bila za nas prava muja, saj nismo imeli konja, ki bi opravljal delo na polju, in smo si morali sposoditi vola od sosedov ali pa vpreči našo kravo, ki je bila vsako leto breja in ji nismo mogli in hoteli naprtiti bremena voza za seno. S polja po klancu navzgor, nazadnje pa še po strmem mostu gor na skedenj. To je bilo za našo kravo preveč in vsi smo porivali, da je navsezadnje le zmogla in pripeljala dragoceni tovor na skedenj. Velikana iz pravljične knjige smo potrebovali, da smo naša uboga krava in mi otroci, ki smo bili sami bolj šibki kot ne, zbrali moči in uspeli spraviti seno na pravo mesto. Pa se je nato spet skril v svojo zgodbo.

V slovenski gimnaziji je velikanov in vil manjkalo. Njihovo mesto so prevzeli naši profesorji in profesorice. Njim je bila dodeljena naloga, da slovenske učbenike, ki so bili tedaj v uporabi v matični Sloveniji, priredijo našim avstrijskim razmeram. Tito in pionirčki so izginili iz originalov in vsi smo bili zadovoljni, najbolj pa Deželni šolski svet. Ker takšna adaptacija ni bila možna za vse predmete, saj smo si morali knjige kupiti in plačati sami, so naši ljubi profesorji pionirji – tokrat v avstrijskem smislu – pisali vsa besedila na tablo, mi pa smo si jih prepisovali v zvezke. To je vzelo veliko časa, a mi dijakinje in dijaki smo bili povsem zadovoljni, saj je bila snov vedno pregledna in je tekla preko pisala tako rekoč v naše roke, od tam pa neposredno v možgane. Naša prva profesorica biologije, takrat smo še uporabljali lep slovenski izraz *naravoslovje*, nam je z ljubeznijo razlagala čudesa flore, favne in mineralov, risala je na tablo, mi pa smo vse pridno prevzeli. Vezan učbenik je bil samo tisti za nemško literaturo, tako imenovani *Lesebuch*. Ta knjiga je bila najdražja in zelo smo se trudili, da je med letom nismo popackali. Slovenske učbenike so naši profesorji kopirali in lastnoročno razmnoževali na debel papir velikega formata, prva leta pa jih je izdajala Mohorjeva založba. Knjige so bile težke in zelo velike, včasih deloma obrobljene z rdečim tekstilom. Med poletnimi počitnicami, morda že prej, morda pozneje, smo barantali z njimi, da smo si s pridobljenim denarjem lahko kupili knjige za naslednje šolsko leto.

V višji gimnaziji smo postali že bolj gospodje in gospe in samozavestni. Pouk je potekal v gimnaziji Lerchenfeld pod Križno goro. Nekaj čez poldne smo se vsi zbrali pred razredi in čakali, da se konča pouk nemških dijakov. Končno so pridrveli iz razredov, mi pa smo se rivali vanje. Posebne simpatije med njimi in nami ni bilo. To sem zavestno opazila šele, ko sem se naveličala vsak dan nositi vse učne pripomočke z one strani Celovca v šolo in zvečer spet nazaj. Čitanka za peti in šesti razred je bila posebno debela in velika, nemški *Lesebuch* pa tudi. Postala sem najbolj frajerska od vseh nas in si zaželela, da bi lahko oboje pustila v šoli v predalu pod klopjo, čeprav je bilo to strogo prepovedano. Enkrat, samo enkrat sem se ojunačila in prekršila pravilo. Ko pridem naslednji dan v šolo, nemški dijaki so odšli, mi pa smo zavzeli njihove stole in klopi, vidim, da mojih dveh čitank ni več pod klopjo. Moji sošolci so pod svojimi klopmi in po tleh našli raztrgane liste iz slovenske čitanke, o nemški ni bilo ne duha ne sluha. Bilo me je silno sram in sem molčala kot grob. Finančna izguba je bila nenadomestljiva. S takratno žepnino sem si komaj financirala vsakdanji opoldanski obrok, za kaj večjega ni bilo rezerve, za novo knjigo pa bi potrebovala kar tri mesece in pol brez jedi in sladkarij.

Imeli smo nemščino. Morala naj bi brati ali vsaj odpreti *Lesebuch*, ker pa oboje ni bilo mogoče, sem morala povedati profesorju, kaj se mi je zgodilo. Mislila sem, da bom silno okregana. Ni bilo tako. On je seveda to stvar sporočil gospodu ravnatelju dr. Tischlerju. Naslednji dan pride ravnatelj v naš razred, sama zlezem skoraj pod klop, ker močno sumim, da sem jaz vzrok njegovega obiska, pa me odkrije in pokliče po imenu. V rokah ima *Lesebuch* in mi ga preda s komentarjem, da se naj kaj takega ne ponovi. Od kod je bila ta knjiga, še danes ne vem, ali je ravnatelj dopoldanske gimnazije pobral denar od svojih dijakov ali pa je kar moj ljubi ravnatelj, tisti s prijetno hreščečim glasom, segel v svoj lastni žep. Nihče od nas odtlej ni ničesar puščal v šoli. Slovensko čitanko sem si morala kupiti sama. Ne vem, ali se mi je godilo prav ali ne.

V nemški čitanki smo skupaj brali naslednjo Goethejevo pesem in sredi pouka so se v moj svet spet vtihotapila bajna bitja. Začela se je takole:

Das Göttliche

Edel sei der Mensch,
hilfreich und gut!
Denn das allein
unterscheidet ihn

von allen Wesen,
die wir kennen.

Heil den unbekannten
höhern Wesen,
die wir ahnen!
Ihnen gleiche der Mensch!
Sein Beispiel lehr uns
jene glauben.

... in potem dalje, do konca ...

Nach ewigen, ehrnen,
großen Gesetzen
müssen wir alle
unseres Daseins
Kreise vollenden.

Nur allein der Mensch
vermag das Unmögliche:
er unterscheidet,
wählet und richtet;
er kann dem Augenblick
Dauer verleihen.

Er allein darf
den Guten lohnen,
den Bösen strafen,
heilen und retten,
alles Irrende, Schweifende
nützlich verbinden.

*Und wir verehren
die Unsterblichen,
als wären sie Menschen,
täten im großen,
was der Beste im kleinen
tut oder möchte.*

*Der edle Mensch
sei hilfreich und gut!
Unermüdet schaff er
das Nützliche, Rechte,
sei uns ein Vorbild
jener geahneten Wesen!*

V tej pesmi sem našla sebi sorodne misli o bitjih, o katerih slutimo, da bivajo med in nad nami. Angeli in duše, tesno povezani s tem svetom in z vsem našim nehanjem in dejanjem. Verjetno je bil vpliv tako močan, da v tej sferi plešem svoj življenjski ples. Ob maturi je naš veroučitelj dr. Janez Polanc vsakemu izmed nas stisnil v roko Sveto pismo. Morda se bo eden ali drugi muzal, ko bo bral te vrstice, a nič ne de in ne zamerim; meni je to zaupanje zrelosti iz profesorjevih rok sprožilo življenjsko poseganje po tej knjigi. Posebno rada sem prebirala prilike. Pozneje sem kot učiteljica slovenščine brala z učenci nekaj prilik, ki so bile vključene v čitanko. O izgubljenem sinu – ne učenci ne jaz se nismo mogli navdušiti, da bi vse življenje pridno ostali pri očetu, vsi smo se prej ali slej podali v svet, da izkusimo vse, kar nam nudi profano razkošje, čeprav bi bilo treba jesti ostanke iz korita. Mislim si, to že mora biti tako, da smo se podali iz božjega naročja v neznani svet. Z vsemi izkustvi in izkušnjami se bomo nekoč vrnili k Njemu, ki nas ves čas pričakuje. Moja najljubša prilika pa je tista o izgubljeni ovci. Govori o pastirju, kateremu se je izgubila ena od stotih ovc. Vsepovsod jo išče, dokler je ne najde in jo varno odnese s seboj. Dano nam je, da nam pride nekdo pomagat, pa če smo še v takšni zagati. Angel s perutmi ali pa kar v banalnih gojzarjih. Topel občutek, a ne?

Poznejši dijaki in sedanji imajo poplavo knjig. S sinovoma in hčerko sem tu pa tam morala pogledati v njihove šolske knjige bodisi za biologijo, zgodovino, zemljepis ali kak drug predmet. Povsod inflacija besed in informacij. Ubogi moji otroci, sem vedno znova pomislila. Kako naj tu ločijo seme od plevela? Saj so se naučili živeti s tem, a meni je žal za tiste dragocene misli, ki jih lahko ob obilnem gostobesedju mimogrede prezrejo.

Za vse sloveniste je Trubar ena najbolj dragocenih osebnosti, saj nam je podaril prve knjige v našem prelepem jeziku. Jasno, da smo učitelji segali po kakem odlomku iz njegove bogate zapuščine. Zame osebno je prav posebno izstopala knjiga o *cerkovni ordningi*. V njej je namreč Trubar tudi nežnemu spolu zaupal sodelovanje pri cerkvenih obredih. Seveda sem to svoje odkritje posredovala tudi svojim takrat že zrelejšim dijakom. Pa jih ni tako prevzelo kot mene, ja, celo to sem morala požreti, da naj kar sama doma berem *Cerkovno ordningo*, če sem tako navdušena. Dijakinja Julija, ki mi je na tak oster način sugerirala, kako malo jih to zanima, je zase verjetno imela prav. Tako napeto to branje seveda ni kakor kaka kriminalka.

Medtem imamo v naši hiši prav tako inflacijo knjig. Med vsemi temi je seveda težko najti tisti biser, za katerega bi se splačalo prodati in izdati prav vse, kakor je storil tisti bogati trgovec v biblični priliki. Eno izmed njih pa vedno znova vsaj v mislih rada vzamem v roke. To je tista o galebu Jonatanu, ki jo je zapisal Richard Bach. V vsakem izmed nas se najde Jonatanovo stremljenje po tem, da želimo doseči nekaj izrednega. Njegova zamisel mi ugaja. Jonatan se ne zadovolji s tem, da ostane ptič med ostalimi. Z močno voljo in vztrajnostjo se dviga nadnje in vedno pogosteje mu uspe spoznati svojo pravo vrlino. Dvigne se nad povprečje, nam pa posreduje zamisel, da naj naše početje ni samo tisto, da si napolnimo želodce, omare in mošnje ter živimo lepo in udobno življenje, dokler ne umremo. V svojevrstno izzivalni priliki nam pokaže, da smo ustrojeni po božji podobi in da nam je dano bližati se kozmičnemu konceptu popolnosti, iz katerega prihajamo. In sedaj bi rada še zadnjič priklicala bitja z one strani pajčolana, ki jih potrebujemo tu pri nas, da nam pri tem našem početju pomagajo.

Hrestač

Obdaja nas bajna lepota,
razkošje povsod – in samota.
A saj je prav v samoti lepota!

Glasba je bistven del mojega življenja. Lepota akordov in melodij, zvoki glasbil, popeljejo me v sfere, kjer je mogoča vsaka asociacija, od banalnega do abstraktno prefinjenega sanjarjenja. In rahlo rahlo izpustim in opustim vse skrbi in težave. Razpletejo se zamotane vrvi, nad mano zasije sonce in pogled se razširi v daljno sinje nebo.

Čajkovskega maram. Maram vso njegovo glasbo, naj bo to njegov klavirski koncert v B-duru, ki smo ga doma poslušali na plošči že, ko sem hodila še v ljudsko šolo, njegove opere, vsem na čelu Evgenij Onjegin, predvsem pa se mi je prikupil njegov *Hrestač*. Krasne melodije, harmonije, predvsem pa ta ples, čisto banalen lesen hrestač se spremeni v bajnega baletnega plesalca in odvede Mašo in publiko s seboj v sanjski svet. Ob vsem tem pa vidim njegove močne zobe in si predstavljam, da niso bili izklesani za ples, temveč je njihova prvotna funkcija, da strejo en oreh za drugim.

Naš domači hrestač ni tako slikovit. Bolj je podoben jeklenim kleščam. Svoje delo opravlja nam vsem v veliko veselje. Ob zlatih urah z možem sediva in luščiva sočna jedrca iz lupine, poslušava glasbo ali pa se pogovarjava o najinih otrocih in njihovih otrocih.

Letos se je vigredi posebno mudilo v naše kraje. Prvi marčevski dnevi so bili prijetno topli in sedli smo že na verando na popoldansko kavo. Vendar je bila zima nevoščljiva in je še enkrat pokazala zobe, ko je vse drevje cvetelo. Naletelo je ogromno snega. Nekaj vej je polomilo, druge so se priklanjale do tal in so brhko držale vso težo, dokler ni prišla druga odjuga in pregnala mraz in ledene oklepe z listov in žled s cvetov in vejic. Po tej ujmi so drevesa dneve dolgo žalovala. Oreh je odvrgel vse mačice in listi so kakor mokre cunjice viseli z vej. Leto brez letine.

Včasih pa se scenarij obrne. Jablane, hruške in slive obrodijo obilo sadov, na orehu je polno zelenih okroglih plodov in čaka naju dovolj ur teorije in prakse s hrestačem. V takih letih imamo na našem gruntu pravo razkošje. Ne samo za nas, temveč tudi za goste iz gozda. Poleg vseh vrst ptic, ki se spravijo na orehe, imajo posebno ihto šoje in veverice. Pride jih toliko naenkrat, da jih ne moreš prešteti na prste ene roke. Dobro se jih sliši, kako se pogovarjajo, in včasih se mi zdi, da so druga drugi nevoščljive, čeprav je na vejah še neštetо sadežev. Veverice si napravijo pravo pot od drevesa pa do gozda. Čisto poteptajo travo, kot da bi se vozile z *radltruglco*. Nekega dne je naša Laki zagledala veverico na drevesu. Vsa besna se je poganjala po deblu navzgor, veverica pa je krožila okoli debla in kdaj pa kdaj poškilila dol k psički, jo poskusila odgnati s svojo mini tačko, samo da jo je še bolj razdražila. To je bilo pravo bojevniško početje, z obeh strani. Opazovali smo ju skozi okno in se čudili, kako sta bili vztrajni. Med borbo sta druga drugo strašili z laježem in s piskanjem, pihanjem in cviljenjem, da je bil joj.

Torej smo si bratovsko razdelili orehe in za vse jih je bilo dovolj. Naslednjo vigred smo že prav težko čakali. Sneg je dolgo pokrival naš travnik in čas trebljenja smo morali prestaviti na teden po veliki noči. Končno pa nas je vesna le rešila snega in z možem sva vzela v roke grablje, da odstraniva staro suho travo, predvsem pa da pogladiva krtine. In glej, vsaka druga krtina je skrivala v sebi celo virtualno vesolje. Ob grabljenju se nama je vedno znova prikotalil z zemljo vred pred noge oreh. Veverice so si pripravile zalogo za zimo in nanjo pozabile. Orehi pa niso bili več trdi in celi. Začeli so že poganjati. Če bi krtine nemoteno pustili na travniku, bi imeli čez nekaj let orehovo plantažo. Ob robu gozda pa bo iz teh malih lupin najprej zlezlo stebelce s korenino in z dvema listoma, in v najkrajšem času se bo razvilo v malo drevo, potem pa v večje in večje. Brez vsakega hrestača. In po nekaj letih bo cvetelo in obrodilo sadeže, ki si jih bodo delili ljudje in živali.

Kakšno potencialno razkošje se ponuja tu pred nami. Kakšna blaginja, za katero nismo odgovorni mi ljudje, ne, ponuja se nam sama od sebe. Narava je polna božje moči. Dogajanje je podobno tistemu v pravljici o mizici, ki naj se pogrne. Nevidna vilinska bitja nas obdarujejo z vsem, česar si poželimo. Včasih se sredi dela na vrtu zamislim in štejem semena, ki se kotalijo iz makove glavice. Koliko novih makovih cvetov bi lahko zraslo, kakšna eksplozivna lepota je načrtovana v teh malih črnih kroglicah! Obide me neznansko strahospoštovanje. Kako majhna sem in kako malo vem o vseh bogastvih, ki nam jih nudi narava. In kako pridem od glasbe na vrt? Iščem lepoto in čar na vseh področjih. V vsem si želim, da bi opazila razkošje, bogastvo, lepoto, tako si ustvarjam svet, v katerem vladata zadovoljstvo in občudovanje vsake malenkosti, pa naj bo to hrestač, ki nam z lesenimi ali kovinskimi zobmi tre trde orehe, glasba, ki jo pri trenju lahko poslušamo, semena, ki jih na vrtu lahko preštevamo, ali pa preprosto to, da smo tam, kjer smo, in da smo takšni, kakršni smo.

Naj ostane pri tem.

All inclusive

*Želim si vse, prav vse,
in to sedaj, sedaj!*

Če si se dosti dolgo stiskal v steklenici kakor Aladinov duh v svetilki in če so ti pri stiskanju delali družbo mož in otroci, potem je čas, da kaj ukreneš. Najprej pregledaš kataloge vseh dežel sveta, potem preveriš svoj budžet, nato omejiš kataloge na nekaj bore malo in nazadnje se odločiš in se odpraviš v turistično agencijo. Odločitev je sila težka. Blizu ali daleč, drago ali varčno, udobno ali tako tako, vse je možno, le sam si moraš biti na jasnem, kaj hočeš. Turistični agent opravi svoje in kmalu je treba konkretizirati načrte.

Tokrat naj bi naju spremljala hčerka. Destinacija je bila določena. »Gremo v Afriko!« smo si zapeli. Kot Jurija Murija nas je vleklo tja čez malo lužo. Sicer se nismo bali vode kakor glavni junak pesnika Toneta Pavčka, vedno smo se vsi pridno umivali in nismo bili črni kakor mali Juri. Gotovo se nas bo spoznalo kot tuje, turiste pač.

Odločili smo se za klub, v katerem je za turiste vse preskrbljeno, za tako imenovano ponudbo *all inclusive*.

Prej je bilo seveda treba še po vseh trgovinah, kjer imajo primerne stvari za rajžo. Potrebovali smo kopalke – hčerka si je želela bikini –, kopalni plašč pa velike brisače za na plažo. Potem smo potrebovali kovčke in potovalke in ne nazadnje ustrezne obleke za dopust.

Afrika, veseli se, prihajamo!

Vkrcali smo se v letalo. Kadar letimo v zraku, me vedno objame čuden občutek. Zdi se mi, da smo čisto blizu nebesom. Da že skoraj slišimo angelsko petje, čeprav motorji brnijo enakomerno glasno, ali morda prav zaradi te bučne monotonosti. Počutim se brez teže, kakor da bi bila v balonu ali celo v raketi. Potem smo nad oblaki. Tam vedno sije sonce. Ali ni to prelepo? Greje in osrečuje nas brez vsakih ovir. Med nami in soncem ni ničesar več, še zrak je menda zelo redek. Če letalo ne bi imelo svoje lastne zračne preskrbe, bi imeli težave s preživetjem. Ampak zopet je za vse poskrbljeno, tako rekoč *all inclusive*. Še celo za naše želodce jim je mar. Stevardesa nam streže dobre jedi in pijače, kavo in smetano pa še pecivo. In vodo, da se ne izsušimo. Kako dobro nam gre!

Afrika, tu smo!

Pristanemo varno in se podamo po stopnicah navzdol. Potem čakamo na svoje kovčke in potovalne torbe, jih natovorimo, in tam pred letališčem nas čaka avtobus – tudi prevoz do hotela je organiziran že vnaprej. Medtem se je nad zemljo že spustila tema. Vožnja do hotela se vleče, nič se ne vidi, čas ne mine in ne mine, saj smo že vsi radovedni, kakšen hotel so nam dodelili. Makadamska cesta vodi skozi pusto, ker nevidno pokrajino, naposled pa ob njej – nam čisto blizu – zagledamo visoko betonsko obzidje. Obzidje? Le kaj se skriva zadaj? Avtobus zavira in obrne proti vhodu v trdnjavo. In znotraj je raj! Hotelski kompleks se sveti, kot da bi bil iz čistega zlata. Še okna se zdijo pozlačena, diši po rožah in zelenju. Prijazno osebje, pozlačeno dvigalo, v njem čistilka, ki pobriše vsak odtis, ki ga pusti kdo od nas. Tudi sobi sta *first class*. Hitro se uredimo in se po izbiri iz bogatega bifeja okrepčani in dobre volje spravimo spat.

Zbudimo se v kraljevsko jutro. Skozi okno imamo čaroben razgled. Palme, rožnato grmičevje, vse zeleno in pisano. Po razkošnem zajtrku iz bifeja se odpravimo raziskovat okolico. Direktno ob morju smo, ležalniki nas čakajo, ob skrbno očiščenih poteh diši po rožmarinu, lovoru, timijanu, majaronu, žajblju ... ne morem našteti vseh vonjav. In vse v cvetu! Po kosilu – iz bifeja – nas povabijo na izlet v bližnje mesto. Tega si ne pustimo vzeti, brezplačen prevoz do tkalnice in ogled sultanove palače. A kaj nas čaka, ko se odpeljemo skozi široka razkošno obdelana vrata? Za obzidjem sama suša! Nobenih rastlin, nobenega razkošja, tu pa tam kak suh grm. V mestu se čudimo stanovanjem, bolje rečeno bivališčem. Namesto lesenih tal vidimo potlačeno mivko, deloma pokrito s starimi obrabljenimi preprogami, na katerih sedijo domačini in se pogovarjajo. Ženske se skušajo skriti pred našimi radovednimi pogledi. Sultanovo palačo občudujemo z mešanimi občutki. Revščina in bogastvo sta si tako nevarno blizu. Naslednja postaja je tkalnica. V kletnih prostorih tkejo pridne ženske roke najlepše preproge v vseh barvah in vzorcih. Lastnik tkalnice se nam prismehlja in nam ponudi čaj iz lončkov, ki so le malo večji od naprstnika. In nam prijazno pojasni, kako dober je in kako rad nas je povabil v svoje sobane. Kar zaploska z rokami in veli dvema pomagačema, naj nam pokažeta najlepše preproge. Eno lepšo kot drugo, eno dražjo kot drugo. Svilene so najlepše in to – moja napaka – tudi jasno in glasno povem. Nato nimamo več miru pred njimi. Desetkrat, ne, dvajsetkrat zatrdimo, da ne nameravamo kupiti nobene preproge. Tako so užaljeni, da še za nami kričijo, ko se mi že spravljamo v naš »brezplačni« taksi. V življenju ni nič brezplačno, si bomo morali zapomniti.

Doma pa večerja, in po večerji se mi zdi, da se mi hoče faraon maščevati za to, da nismo ničesar kupili. Njegovo prekletstvo pa ne doseže samo mene, vsi trije se v naslednjih urah ne smemo in ne moremo oddaljiti od kopalnice niti za kratek čas. Kljub temu upamo, da se bomo naslednji dan lahko odpravili na pohod v puščavo. Na hrbtu kamel! Tablete bodo pomirile jeznega faraona, smo prepričani.

Naslednje jutro nam gre bolje. Z velikim pričakovanjem se odpravimo pred obzidje, kjer nas čakajo kamele in njihovi gonjači. Najprej nam razdelijo bele krpe, ki nam jih dajo na glavo, in debelejše spletene modre vrvice, s katerimi krpe povežejo. Sedaj smo pravi beduini. In tam čakajo kamele. S težavo zlezemo vsak na svojo, se prepričamo, da smo varno zasidrani v sedlih, in že smo na poti. Lepo počasi in mirno, mirno! Hčerkina kamela išče mojo družbo. Čisto se mi približa, tako da jo lahko pobožam. Potem glavo rahlo nasloni na mojo roko. Očitno se poznava že od kdaj prej. Ježa pa postaja vedno napornejša. Sonce nas neusmiljeno žge in kljub našim belim pokrivalom nam postaja vedno bolj vroče. Nenadoma se začnem potiti po vsem telesu. Čudno se mi zvrti v glavi in nevarno zdrsnem ob stran.

Eden od gonjačev ustavi karavano in mi pomaga na tla. Pomaga mi do grma in me za nekaj časa pusti tam. Pravi, da se bodo s kamelami kmalu vrnili in me potem spet vzeli s seboj. Jaz pa naj ta čas počijem v senci.

Takoj sem zadremala od napora. Ko sem si opomogla, sem pogledala okoli sebe. Pesek in pesek in en sam grm. Nič drugega. Zaslišim glasno dihanje, hropenje, nekdo mi je čisto blizu. Dvignem se in previdno pokukam, kaj se skriva za grmom. Ojoooj! Mojo navzočnost je opazil ogromen lev. Verjetno sem zmotila njegovo siesto. Zarjovel je in mi pokazal svoje ostre podočnike. Zbrala sem vso svojo korajžo in poskusila jasno misliti. Kaj storiš, če si v taki nevarnosti? Gotovo si si jo priklicala ali celo ustvarila sama. Torej si ti tudi tista, ki mora sedaj vzeti usodo v svoje roke. Skoncentriraj se in misli samo pozitivno. Ne boj se, strah je negativna emocija in privabi negativno reakcijo. Ti pa si želiš razpleta, dobrega razpleta. Vsa sem se tresla in ob vsem poskušala ostati mirna. Lev, lev, ne bodi hud, da sem te zbudila. In da sem ti zasedla senčno stran tvojega grma. Oprosti mi! Lev je še vedno renčal in se pripravljal na napad. Začela sem peti. Pesem menda pomiri še najhujše zverine. To sem nekoč nekje videla. Strahovi so najprej razjarjeni, ob glasbi pa se počasi začnejo umirjati in sukati in kmalu plešejo ob zvokih čarobne piščali. A ja, Mozart. Najprej se je moj glas silno tresel, a uspelo mi je, da je prišla iz grla neka mirna melodija. Lev je bil presenečen – in glej, postajal je vedno manjši, najprej so izginili dolgi podočniki, potem se je zmanjšala glava, potem tace, dokler ni bila za grmom samo še ljubka mačka. Uh, pa mi je uspelo!

Zbudila sem se v hotelski sobi. Ko so se vračali, so me baje dali na kamelo, moja glava in roke so visele na eni strani dol, noge pa na drugi. Kakor so prevažali mrtvece po zgubljeni bitki. Ni mi bilo mar. Postelja je bila mehka in udobna. Mož in hčerka sta bila ob meni in vse je bilo dobro. Kamele so mi vsekakor še danes izredno simpatične.

Ostali dnevi so minili kakor v sanjah. In že smo bili spet v letalu in v avtomobilu na poti domov z letališča. Vozili smo se ponoči in radio je najmanj petkrat predvajal isto pesem, Lajf, oh lajf, oh laaajf! Ja, življenje ponuja marsikatero presenečenje.
    Povzetek dopusta z dvema besedama: Glej naslov!

Polet v njen svet

Moj svet in njen svet –
kako sta si blizu!

Poljubila sem jo na lice, a ni bila več ona, ne, nikakor ni bila. Kot otrok sem jo večkrat pobožala, kadar je utrujena zaspala, potem se mi je vsakokrat nasmehnila, in mi ni zamerila čisto nič. Tokrat ni bilo življenja v njenem telesu, ni je bilo več v telesu. Zdelo se mi je, da sem se dotaknila kamna, mrzlega in topega, brez vsakega odziva.

Dali so jo v krsto, jo odpeljali ... ne, bila je tam nekje drugje, ne v krsti, saj v njej ne bi mogla dihati, in jaz ne bi slišala njenih nežnih besed: »Kaj te boli? Si žalostna? Kdaj prideš?« Vse redkeje sem jo hodila obiskovat, vedno bolj me je zahteval zase drug svet, svet, ki se ni dotikal njenih lic, ni česal njenih las, ni božal njenih rok. Vse preredko! Ob sebi je imela psička, takega malega Pazija. Jo je on zabaval, tolažil, ji pomagal, kadar je morala nositi težke tovore, košare sveže pokošene trave, rjuhe suhega sena? Gotovo jo je včasih poklical k sebi, zalajal in zahteval pozornost: »Daj, pusti delo, poigraj se malo z menoj!«

Uročena sem bila v svojem zaboju, nisem in nisem se mogla izkopati iz njega. Vse te norme, vsi ti predpisi. Ovoji so se me oprijemali vedno bolj tesno. Zjutraj prva misel – preživetje, hrana, obleka, streha nad glavo, vročina in mraz. K njej pa največ enkrat tedensko, pogledat, ali še živi in ali še miga. In živela je in migala vse do zadnjega dneva. Sedaj pa je ni več, preprosto prazno je njeno mesto, le Pazi je še ostal.

Moja zapletenost v zahteve tega sveta je postala vedno neznosnejša. Kaj ni nikjer ničesar lepšega, udobnejšega, veselega? Je kje svet, kjer je vredno živeti? Kjer je moja dobra volja, kjer je moj humor? Naj se znebim vsega, kar me bremeni, si v hipu ustvarim svojo merkabo, s katero se lahko odpeljem kam drugam? V hipu to ni bilo mogoče. Trajalo je dneve in noči. Pletla sem praznino, v njej kozmično pajčevino, iz katere je nastajalo prelepo vozilo, v zemljanom neznanih prostorih se je materializiralo in pripravljalo gorivo za moj prvi polet. Sveženj misli in snop čustev pa vsa dobra volja, ki je razpoložljiva, in gre! Pazi me bo spremljal, tudi on bi jo rad spet videl, bil rad za vedno pri njej. Izbrala bova jasno noč, ko bo Alfa Centauri najbližja. Hrane ne bova potrebovala, saj bova potovala na njen način, ko se bo stemnilo, bova zlezla vsak iz svojega mišičastega kokona in ju pustila doma. Potem vstopiva v merkabo in strneva željo: »K njej!« In že sva prispela.

»Končno, ljubica moja, uspelo ti je! Končno sta s kužkom našla pravo tkivo za polet v tvoj resnični svet!« Kako nebeško lepa je! Kot na poročni sliki, samo še bolj kristalna, svetlikajoča se. »Nisem te mogla večkrat obiskati, preveč je bilo važnejšega, tako mi je žal, tako mi je hudo!«

»Je že moralo biti tako, sicer bi se jaz še težje poslovila od doma. Olajšala si mi prehod! Tu ni odprtih vprašanj in nobene krivde. Vsako dejanje ima svoje mesto, pa čeprav je nosilo na svetu madež. Ti si opravila svojo takratno nalogo in vse je bilo tako, kakor je moralo biti. Vse je tako, kakor mora biti.«

Njen glas, kako mil, in njene kretnje, tako harmonične. Kar tu bi ostala, pri njej. Toliko reči me veže nanjo!

»Ne moreš ostati pri meni.« Slišala je moje misli, poznala jih je, še preden so se oblikovale v besede. »Tvoje zemeljsko bivanje še ni končano. Razpadla pa je železna veriga krivde, ki te je vezala name. Sedaj si prosta in lahko dokončaš svojo nalogo na Zemlji. In vedi, da sem ves čas s teboj. Nikoli nisi sama!«

»Ne vem, kaj je moja naloga v življenju. Ali mi lahko pomagaš?«

»Saj sem tvoja učiteljica. Kadar me kaj vprašaš, si prisluhni, in slišala boš moj nasvet. Moja naloga je, da ti stojim ob strani v tem času velikih sprememb na Zemlji. Ti pa vsem pripoveduj o življenju, kot ga spoznavaš tu pri meni, o lepoti in sreči, o odpuščanju in hvaležnosti! In da ob smrti ni vsega konec. Da je smrt šele začetek večnega užitka.«

Kako težko je bilo njeno življenje, polno trpljenja, garanja, odpovedi, bolečin! Sedaj pa je vse minilo, vsa bremena so se razblinila v nič. Ostali sta ji samo lepota in milina. Pazi me ne pozna več. Njegova merkaba se je vselila v njeno. Kje pa sta sedaj oba? Kam sta odšla, da ju ne vidim? Mamaaaa! Ni odgovora.

Zbudim se v viseči mreži. Ali je bilo resnično? So bile to sanje? Resnične sanje? Ali obstaja kaj takega? Vprašala jo bom, ali je res ves čas z menoj. Čisto tiho in brez besed bom čakala na odgovor.

Črno-belo in pisano

Išči sreče vsepovsod –
prijetno je tam,
kjer biva tvoj rod!

Ta svet se dogaja črno-belo. Spalnica je bela, postelje v njej in nočne omarice in omare za perilo, vse belo. Odeje so sive, nobene barve ni vtkane vanje. Nobene zelene rastline, kaj šele rožice. Nobene. Vzgojiteljica črno-bela v svoji redovni obleki. V predalu v nočni omarici moj zaklad, parfum, ki mi ga je za rojstni dan podarila starejša sestra. Nadišaviti se ne upam, poduham pa lahko, preden ležem spat. Moja rjuha ima številko 9, moj vzglavnik tudi in blazina prav tako. Z mamo sva vezli ure dolgo, da sva označili vse moje stvari za v dom, vse robčke, spodnje perilo in še kaj. Sedaj je mama doma, jaz pa sama tu v internatu. Perilo diši po njenih rokah. Žuljave so, ogromno dela imajo. Na polju, na vrtu, v hlevu. Znajo tudi molsti pa kositi, ja, s pravo koso, to je običajno moško delo. Pri večjih kmetih. Mamine roke znajo tudi šivati in plesti in kvačkati. Prave umetnine, kljub žuljem. In v vse umetnine je vpleteno ogromno ljubezni. Dovolj za vsakega izmed nas šest otrok. Najmanjši je še pri njej doma. Lepo mu je.

Tati se vozi domov z vlakom, ob sobotah. Ob nedeljah zvečer pa spet nazaj v mestno stanovanje ali to, kar ga je ostalo po vojnem razdejanju. S seboj ima veliko aktovko, polno skrbi in dela. Ne sme je izpustiti iz rok. Odgovoren je za vse, se mi zdi, in ne morem do njega. Včasih me pride obiskat, včasih me vzame s seboj in se z vlakom odpeljeva k mami. Naslonim se nanj in vsrkavam njegovo bližino. Slepo bi ga prepoznala po tem, kako krasno diši. Doma kraljuje družinska sreča, ki traja nekaj ur, do povratka v mesto. Potem je spet vse črno-belo.

Pod sivo odejo sem prižgala luč. V levo dlan sem z zlatim svinčnikom narisala lestev, jo raztegnila visoko visoko, splezala gor in bila kmalu nad oblaki. Bilo je mehko, zapeljivo mehko, in v zraku je visela omamna melodija. Z zlatim svinčnikom sem zgradila grad, bil je lep kot v sanjah. Potrkala sem in vrata so se na široko odprla. Vstopila sem v dvorano in nenadoma nisem bila več sama. Nešteto otrok, belih, rdečih, črnih, rumenih, je tam našlo svoje zatočišče. Vse je bilo pisano in povsod je bilo polno rož. Dišalo je kot v predalu ob postelji tam spodaj nekje daleč. Otroci so se sproščeno igrali, pletli vence, plesali, peli. En sam zdrav živžav. In tam je stal v bleščeči obleki, posejani z biseri in zvezdicami. »Pridi«, me je prijazno povabil, »pokazal ti bom vse sobane.« »Od kod so vsi ti otroci?« sem ga vprašala. »Eni so lačni, druge zebe, nekateri nimajo mamic, ki bi skrbele zanje, med njimi so tudi takšni, ki nimajo niti kozarčka vode. Potem narišejo z zlatim svinčnikom lestev, jo raztegnejo in splezajo tja gor, prav kakor ti. Nekateri pridejo sem, ker se okoli njihovih stanovanjskih hiš tepejo vojaki, streljajo in mečejo bombe.« Čudno, sem si mislila. Vse se zbira nad oblaki. V gradu, narisanem z zlatim svinčnikom. Čudno.

Povedel me je v naslednjo sobano. Krasila jo je ogromna krogla. »Pojdi bliže!« mi je dejal. Plaho sem stopila tja in videla, da so na krogli izbočene gore in mokra morja, prav kakor na Zemlji. Zemljepis. Poiskala sem Evropo, Avstrijo, Koroško, Celovec. Ogromno šolo, v kateri je poučeval tati. Videla sem ga, strogega, a izvrstnega profesorja, ki so ga vsi spoštovali, upoštevali, malo so se ga tudi bali. Stal je pred njimi in jim razlagal neke zakone iz knjigovodstva. Nisem razumela njegovih besed, a njegov vonj je bil z mano. Zvonilo je, učenke in učenci so vstali, pozdrav – in odšel je v konferenčno sobo. Ah, moj ljubi tati, kako blizu si in kako daleč!

Potem Tešinja. Mama je plela na vrtu. Solata je šla že v glave. Ko pridem domov, jo bomo lahko jedli. Mama je pela na vrtu. Pela in plela. Kot v narodni pesmi. Prav kičasto, a meni so stopile solze v oči, ker nisem bila ob njej. Rada bi ji pomagala, ampak na vrtu sem se vedla nespretno. Veliko se bom morala še naučiti, ne samo v šoli, tudi pri mami. Bratec je bil še v šoli. Vsak dan je moral čisto sam peš v Šentjakob, to je še šlo. Težje je bilo najti najkrajšo pot nazaj. Moral je mimo trgovine, mlekarne, Kovarja in Bidča, Motaza, Novinjaka, potem bližnjica navzgor po hribu, mimo Travnkarja, Močnka in Žofrana. In vsi sosedje so imeli pse, mačke, zajce pa še kaj zanimivega. Mama nam je pravila, da se rad potepa, mi pa smo vedeli, da je sila radoveden in hoče na poti domov vse spoznati in izvedeti. Globus sem rahlo obrnila v smeri proti šoli, tam na poti sem ga zagledala, mu svetovala, da naj pohiti domov, in zavrtela kroglo v smeri proti severu. Ne vem, ali me je slišal. Odzval se ni.

Čez Dravo v Šentilju je bila moja najstarejša sestra. Tudi njo sem lahko opazovala. Bila je ljubezniva učiteljica, šolarčki so jo ubogali brez obotavljanja. Risali so sonce in mesec in zvezde, noč in dan, pa jabolka in hruške, eno jabolko in še dve jabolki so tri jabolka. Stanovala je v Skalnem domu pri Angeli. Imela je lično sobico. Nad hišico je res bila skala, ki se jo je lepo videlo na globusu. Tam gor bova šli na sprehod, da bova videli daleč tja na Tešinjo.

Druga sestra je imela dve majhni punčki, ki sta se sukali okoli nje. Njeno stanovanje je bilo čisto blizu internata v mestu. Zasukala sem kroglo. Smuknila sem v otroško sobo in se igrala z nečakinjama. Kako je bilo to mogoče? Ali nisem bila v gradu visoko nad oblaki? Vzgojiteljica bo opazila, da sem ušla, to sem vedela. Huda bo! A kaj, ko je tam tako luštno. Od Purgarja so dobili velik hleb kruha in sodček masti. Prave bele svinjske. Kako dobro je teknila na domačem kruhu. V shrambi je bila polna steklenica kupljenega malinovega soka. Sladkega in vabljivega. Kako je vse to teknilo. Kos kruha, namazanega z mastjo, malo soli in veliko malinovca. Mama tudi sama peče kruh, le da se je naša krušna peč sesula in ni več grela. V štedilniku pečeni kruh ima popolnoma drugačen okus. Dober je, še boljši. Malinovec pa je domač. V gozdu pod progo zorijo maline. Le sladkorja mami navadno zmanjka. Ta sok ne drži dolgo. Deklici me zabavata.

Starejši brat je železničar. Kje naj ga iščem? Mora biti nekje na Štajerskem. Iz Sinče vasi, kjer je bil tisti z rdečo kapo, so ga premestili v nemške kraje, da ne bi v službi spet kdaj govoril slovensko. Tako malo ga poznam. Ko sem se rodila, je on bil že na Plešivcu, in ko sem prišla v gimnazijo in internat, je bil že zunaj Koroške. Domov je prihajal le na dopust. Iščem ga na globusu in kmalu se mi nasmehne, v službeni uniformi železničarja, z rdečo kapo na glavi. Kako rada bi ga objela! Tam sredi Štajerske dežele.

Zemljo sem zopet obrnila v smeri proti Koroški. V Šentrupertu pri sestrah je bila. Šivala je *dirndl* in se jezila, češ da ga ne bo nikoli oblekla. Edinole na proslavi ob koncu šolskega leta, če ne bo prav tistega dne slučajno zbolela. Kje pa so njene lepe kite? Glej, glej, njeni kodrasti lasje so bili dosti krajši. Dekle naj nosi kite, dolge in lepe, velja pri nas doma. Zdelo se mi je, da vidim, kako si jih vsak teden malo odreže, da doma ne bi opazili razlike. Brihtna punca, ta moja sestrica. Poljubček na lice.

Svetli me pelje v naslednjo sobano. Biologija za otroke. Tu so spoznavali živali v vodi, na kopnem in v zraku. Tudi takšne, ki živijo na drugih planetih. Videla sem volka poleg lisice in mačko poleg miške. Nič sovraštva pa nič strahu in seveda nič lakote. Vse živali so imele dovolj prostora zase, podale so se lahko na potovanje po planotah, rekah in zračnih poteh. Videla sem, kako jih ljubezniva sila vodi, da se jim ne more zgoditi nič hudega. In videla sem, kako so zgrajene. Kot skozi rentgen sem videla okostja in mišice, tkiva in celo posamezne celice, kako smotrno so bile združene v večje enote, te pa še v večje in nazadnje v celo žival. Videla sem črne labode in divje merjasce. Kakaduje in papige, zelene in modre katarinke, leteče po zraku. Kakšne lepe barve, kako je bilo vse pisano in veselo. Mama goska je vodila male goskice po travniku, kjer je skakljal srnjaček. Ne, to ni moglo biti resnično. Da se nihče ne bi bal in da bi bilo vse tako premišljeno v vseh podrobnostih. To so morala biti nebesa, najmanj.

Tam je še ena sobana. Svetli me povede v delavnico. Otroci se igrajo, v igri pa ustvarjajo stole, mize, postelje, nočne omarice. Če jim ena ali druga stvar ne ugaja, jo spremenijo, pa kako! Les se v njihovih rokah oblikuje kar sam. Zamislijo si novo obliko mize in jo že spremenijo kar z rokami. Angel mi razloži: »Natančno si morajo predstavljati to, kar si želijo. Potem se to oblikuje samo.« To bi bilo nekaj zame. Pri nas doma na Tešinji nimam lastne postelje. Preveč otrok nas je, in spim tam, kjer je najbolj toplo. Navadno zlezem pod odejo k eni od sester in se pogrejem. Včasih mama v brisačo povije vroč kamen, ki se je grel na štedilniku, in ga položi v posteljo k nogam. To še kar gre. Na srečo ni vedno zima. Poleti se da spati tudi na prostem. Kavč bi si naredila, če bi znala. A za to se bom morala še izšolati. Morda bi si ga lahko naredila tu v tej delavnici in ga vzela s seboj domov. »Ne, ne, to ni mogoče. To je spet drug svet,« zaslišim glas, kot da bi prihajal nekje iz druge dimenzije. Pa nič!

»Greva dalje, ljubica!« me je pozval. »Gotovo hočeš videti še kaj zanimivega!« Šla sva do naslednjih vrat. Že od daleč je bilo slišati glasbo. »Joj, muzika!« sem plosknila z rokami. »Ali smem tudi jaz?« In že sem imela v rokah glasbilo, ki ga v svojem življenju še nikoli nisem videla ne zanj slišala, kaj šele, da bi ga poimenovala. Dvorana je bila polna otrok, ki so imeli v rokah gosli, kitaro, citre, harfo, ja, kaj vse še! In ves zrak je lebdel v imenitnih harmonijah, ki so se kar prelivale ena v drugo. Smetanova *Vltava* in potem Dvořákovi slovanski plesi pa harmonika in flavta. Vse obenem. Kakšna zanimiva kombinacija zvokov in melodij. In iz mojega glasbila je prihajala najlepša melodija, kakor da bi že vse življenje igrala ta inštrument. Kaj vse se dogaja nad oblaki!

V naslednji hali pa petje, nebeško lepo petje. Tako morejo peti samo angelci. Za Miklavža smo v domu igrali in peli spevoigro *Miklavž prihaja*. »Mi angelčki smo zali, nas bogec rad ima, kaj žalost je, ne vemo, za bol nihče ne zna …« Saj so bili takrat mali in večji hudički prav zapeljivi, a lepše je bilo sanjati po angelsko. In sedaj, neverjetno, vsi angelski zbori so peli Alelujo in nikjer ni bilo zborovodje. Neki notranji ritem je združeval vse posamezne pevce v bajno enoto, v neskončno prelivajočo se melodijo. Tu nekje je morala biti Mati božja, saj to morejo biti samo njeni nebeški kori. Potem je na mah vse utihnilo. Še zrak je prekinil svoje lebdenje in obmiroval. Predme je res stopila ONA. Vsak dan sem molila k njej. Kolikokrat sem si želela, da bi se mi prikazala tako kot Bernardki v Lurdu ali otrokom v Fatimi. Nisem si upala dihati. Ali je res ali sanjam? »S tabo sem, čeprav me ne vidiš,« sem zaslišala njen sladki glas. »Vsak dan in vsako noč sem ob tebi in te čuvam, te spremljam, te ščitim. Tvoje molitve so uslišane. Sedaj pojdi spet nazaj med zemljane in vedi, da nikoli nisi sama. In ko boste pele v kapeli majniške pesmi, pomisli name in poslušaj, kako poje ves angelski zbor z vami deklicami.« Zadonela je Zdrava Marija z vseh strani. Rahlo me je pobožala po licu ... in me zbudila. Vzgojiteljica, črnobela, ki nas je vsako jutro zbujala z angelovim pozdravom, je opazila moj globoki spanec in me nežno opozorila, da bo treba vstati.

Bibi in Bobo

Nekoč, nekje po stari navadi
so bobri živeli, stari in mladi.
Bili so veseli, se radi imeli,
včasih so si celo
kako lepo okroglo zapeli.
Le Bobrček mali ni maral peti,
hotel je čisto po svoje živeti.
Pa mu je rekel Bober stari:
»Ti, mali, nikar se ne šali.
Ne plavaj predaleč do onih livad,
grede te nemara kje piči gad
ali napade kak krokodil,
saj ni tako daleč do reke Nil.«
Pa mu je Bobrček mali dejal:
»Kje si le take norosti pobral?
Nil je v Afriki, daljni celini,
mi pa smo sredi Evrope,
kjer ni tako vroče,
krokodil tu biti noče.
Ali si v šoli le spal?
Krokodil je žival,
ki se je prav nič ne bojim,
ob misli nanj prav lahko zaspim.
Bom pa o tujih livadah sanjal,
se bom po tujih ščurkih poganjal.
Ne bom ves čas le doma čepel!
Tu doma bom še znorel!
Danes so sanje, a to ti povem,
nekega dne odidem,

in ne vem, če še kdaj
pridem nazaj.«

Ko so v bližini že zvončki cveteli,
so v bobrskem gradu pouk imeli.
Stari Bober povzdignil je glas.
Dejal je:

»Zdaj gledam vas,
mlade in stare bobre ob sebi.
Spet je vigredni čas,
ko se podate po reki navzdol.
Glejte, da se izognete tistim živalim,
ki so zahrbtne, podle in lene.
Te nič ne delajo, kradejo plene,
ki jih kak priden bober ulovi.
Če jim le malo v naš kraj dovoliš,
lahko kar celo livado zgubiš.
Taka žival pošteno smrdi,
in kar je najhuje –
moti me njihov i.«

To si je Bobo dobro zapomnil,
ko je Bobru hrbet obrnil
in si je culo na ramo dal.
Svet je njegov, to je dobro vedel,
ko je v novejše vode zabredel.
Vse bo pretaknil, vse bo spoznal,
da ne bo neumen bober ostal.

»Bober, to je neumna žival,«
je najmodrejši Biber dejal.
»Ščipa in grize, tolče, smrdi,
lopov je, tat, ki krade in laže,
po vsej verjetnosti ima še uši,
in sploh ne mara nobenega i.«

Bibrca zala ob Bibru je ždela
in od sramu je zardela.
Saj ni mogoče, da to je tako,
pri bobrih nemara vse je grdo.
A tu pri bibrih ne bo ostala,
ne da bi vsaj malo sveta spoznala.
Nadela si je najlepšo obleko
in je skočila v globoko reko.
Le malo se bo podala navzgor,
da vidi, če Biber vse ve al' je nor.

Pa ji priplava tujec nasproti,
debel je in čuden, joj, to jo moti.
Le kam naj zdaj plava Biberca zala,
da bo še malo na varnem ostala.
Ta biber debeli, to se ji zdi,
je bober sovražni, ki moti ga i.
Ob bregu nad vodo je rastel hrast,
pod korenine tam se je skrila,
v temno votlino, ki jo je odkrila.
A nič ne pomagata temá in hrast,
že jo zasači ta grozna pošast.

Ni možno uiti, to ji je jasno.
Napad je najboljši, zato pravi glasno:

»Tu sem zdaj jaz, to moj je revir.
Hitro se zgubi, sicer bo prepir!
Tako si debel kot napihnjen balon:
Misliš, da si kak afriški slon?«

Bobrček mali res ni bil suhec,
imel je kar okrogel trebuhec.
Sicer pa je bil lepa žival.
A te lepotičke še ni poznal,
ki tu mu ponosno je stala na poti.
Kaj naj napravi, naj se odpravi
in se boji, kot je bobrom v naravi?
Ne, tega pa ne!

»Dober dan, krasotica,
od kod prihajaš,
da mi na poti po svetu nagajaš?
In sploh, kako ti je ime?«

Bibi si svoj vizaví ogleda
in premišljuje: Seveda,
to je tista žival,
o kateri je modri Biber dejal,
da je neumna, da ščipe in tolče,
da grize in strašno smrdi,
da krade in da ima povrhu še uši.
Malo je res okrogel, to že,
a sicer se ji kar v redu zdi,

vsekakor nikakor ne smrdi.
»Bibi sem in prihajam sem,
da svet in okolico malo spoznam.
In sploh, kdo si ti?«

Bobrčku glasek njen silno ugaja,
kot bi cingljalo iz svetega raja.
Kako se svetijo njene oči!

»*Bobo sem in prihajam sem,*
da svet in okolico malo spoznam.
Bibi, to je najlepše ime,
ki sem ga kdaj slišal, ne lažem se.«

»*Če si ti Bobo in ti ugaja Bibi,*
potem ti ni tuj naš i.
Bobo, ali imaš uši?
Naš stari Biber nas je učil,
da je vsak bober ušiv.
A vidim, da Biber ničesar ne ve,
naj vendar v kako šolo gre,
da se bo kaj modrega naučil,
da končno bo pravi svet odkril.
In Bobo, kako krasno dišiš,
ko tu blizu mene čepiš!«

»*– Tudi naš Bober nas je učil,*
da bibri so lene živali,
ki kradejo plene.
Če jim le malo v naš kraj dovoliš,
lahko kar celo livado zgubiš.
Da taka žival pošteno smrdi,

*in kar je najhuje –
motil ga je njihov i.«*

»Vse to sploh ni res!«

*»Kaj praviš, Bibi, se greva igrat,
greva najin svet spoznat?
Se malo loviva, malo podiva,
malo poigrava,
se življenja veseliva?«*

*»– Joj, Bobo, to bo zares lepo,
naj bo tako.
In ko bova male mladičke imela,
jih bova v svojo šolo sprejela.
Vsi bodo vedeli, kje je Nil,
vedeli, kje živi krokodil.
Vsi bodo pametni in veseli,
lep jim bo o in lep jim bo i
in vse ostale prekrasne stvari!«*

Zamotano

Vse je zamotano,
zamotano in zapleteno,
a ne odnehaj,
kmalu vidiš rešitev,
nežno v roko položeno.

S pletilkami v rokah je življenje mnogo udobnejše. Ko nastaja nogavica, si podoben stvarniku, ki iz kosmiča ovčje volne napravi nekaj, kar ti greje mrzle noge. Danes sicer ne predemo ob kolovratih kot včasih. To raje prepuščamo predilnicam. Klobčič volne pa vendarle vedno znova najde pot v kakšno stanovanje, da v rokah spretne pletilje zraste v nogavico.

Pletilke plešejo kolo kot kakšni folklorni plesalci. En, dva, tri, štir – en, dva, tri, štir – en, dva, tri … in tako dalje. Dve levi zanki, dve desni zanki, levo dve, desno dve. Plesalci se neumorno vrtijo, dokler ni dovolj spletenega in je treba spremeniti vzorec, če hočemo napraviti peto. Pletilke plešejo, misli pa uhajajo, saj imajo čas, da se ob enoličnem premikanju prstov osamosvojijo.

Včasih je bilo treba za nove nogavice razparati staro jopo, ki je s časom opravila svojo nalogo. Kadar je pri komolcih prisvetila skozi njo barva bluze ali gole kože, je mama dala navodilo: »To sparaj, pa boš imela za svoje štumfe!«

Treba je bilo ločiti zrno od plev. Pretanke nitke so se prehitro strgale. Recikliraš lahko samo močno volno. Takrat še ni nihče poznal izraza »reciklirati«, a vsi smo imeli velik smisel za ta sistem varčevanja. Vedno znova se je uporabilo vse, kar se je dalo.

Ko imaš dovolj razparane volne, jo je treba napeti okoli vseh štirih nog obrnjenega in na glavo postavljenega stola. Stara jopa je v volni pustila sledi, podobne majčkenim kodrom, ki jih ni bilo mogoče prezreti. Še bolje bi bilo, da jo navito na stol malo navlažim, potem bo navijanje in pletenje lažje. A za to sem bila preveč neučakana. Takoj hočem videti rezultat!

Sedaj dve pletilki počivata, eno je treba odložiti za nekaj časa, ostali dve pa plešeta naprej, eno vrsto desno, eno levo, eno desno in spet eno levo. Za peto ...

Kup volne pred stolom je bil gromozanski. Kot grmada neurejenih špagetov, brez omake seveda. Se pa res sprašujem, ali bo iz tega kdaj nastalo še kaj pametnega.

Na začetku sem palec ovijala skupaj s kazalcem. To naj bi bilo jedro moje umetnine. Do klobčiča je bilo še daleč. Volneni kup pred mano me je izzivalno gledal. Bolj sem vlekla nit iz njega, manjši je postajal. A ne da bi bilo na mojih prstih več navitega, ne, ne ...

Eno vrsto desno, eno levo ... nekaj vleče. V središču konfekcijskega klobčiča se nekaj zatika. Nit se je ustavila, treba bo uporabiti silo. Vlečem in vlečem in privlečem, ne kot včasih babka in dedek in vnučka in psiček in muca in nazadnje miška – repo, ne, iz klobčiča privlečem nekaj, česar ni možno definirati. Poti protonov, nevtronov in elektronov so se zmešale

– in namesto ustvarjalnega reda imam pred sabo en sam kaos, zmedo. Zajokala bi, zastokala, obupala bi in kričala, pa sem prestara za take čustvene izbruhe. Lepo počasi in previdno, bo že kako.

Previdno sem s palca in kazalca potegnila navito volno in jo držala lepo rahlo, da bi jo obvezala kot ranjen mezinec z gazo. Naprej pa ni šlo. Nit se ni več dala izvleči iz zmešnjave. Vsa obupana sem zakričala, rahlo sem zastokala in bridko zajokala. Kdo bi se me usmilil? Mama nima časa. Pripravlja večerjo za tatija, moje sestre, brata in zame. Bratje so v takih situacijah neuporabni. Moje sestre pa so si verjetno zamašile ušesa in so me preprosto ignorirale.

Brez tuje pomoči ne bo nobenih nogavic, to mi je bilo jasno. Kako bi razrešila brezizgledno situacijo, to mi ni bilo jasno. Klasičen primer kapitulacije. A ne za mojega očeta! Spoznal je mojo obupno zadrego. Zaprl je časopis, ki ga sicer ni nikoli zlahka zaprl. Zložil ga je čisto mirno in preudarno ter ga položil na obrnjeni stol pred mano.

»Kaj pa je, Iva?« me je ljubeznivo vprašal. Tudi takšna ljubeznivost ni bila zelo pogosta. Navadno so mojega očeta morile hude skrbi. Ob branju časopisa je reševal politične probleme, posredoval je med rjavimi, rdečimi in belimi, med Slovenci in Nemci, sedaj pa je bilo treba posredovati med mano in volno.

Sedel je k meni, uspešno izvlekel nitko iz vseh labirintov in jo rešil pogube. Moja hvaležnost je bila neizmerna in je rastla prav do danes, ko bi očeta spet potrebovala.

Počasi in previdno vlečem nitko iz vseh labirintov, jo izvlečem in tako rešim pogube. Nogavica bo imela peto in bo nekoč, ko bo spletena tudi njena dvojčica, grela premražene noge mojega ljubega moža.

Miš je miš

Miš je miš …
in miši so nadloge,
dokler jih ne
ugonobiš!

Ko smo še hodili v šolo, smo se učili o glodavcih. To so tista živa bitja, ki imajo spredaj dva široka zoba, s katerima glodajo krompir, jabolka, korenje, zeleno itd. Navadno si za svoje glodanje poiščejo krompir na našem polju, jabolka v naši kleti, korenje in zeleno pa kar na našem skrbno negovanem vrtu. Tako jih imam na seznamu tistih živali, ki so na našem zemljišču ogrožene, saj jih ogrožam jaz, če jih ni že prej ogrožala naša mačka. Glodavcev ne maram, pa naj so to voluharji, hišne miši ali pa katere koli druge.

Kako da je prišlo do te moje mržnje, sprašujete? Naj se vam spovem … Še predobro mi je v spominu tisto rodovitno leto, ko smo imeli na vrtu dobro letino: polno gredo korenčka, sočno solato in pet gomoljev zelene. Ponosno sem razkazovala pridelke vsej svoji žlahti in soseščini in kar videla sem, kako so mi sosede zavidale krasno urejeni vrt, na katerem je vse kar tako puhtelo. Pa mojega računa krčmar še ni napisal. Zgodilo se je namreč prav to, kar sem potrebovala, da me je za vselej izučilo. Nekega jutra, solata se je bleščala v rosi, zagledam, da ena izmed njih žalostno poveša glavo. Na, prosim, sem si rekla, pa ne da … Niti nisem imela časa dokončati stavka. Dotaknila sem se solate, in ta je izgubila ravnotežje, ker ji je nekdo oglodal korenino. Solata brez korenine nima bodočnosti. Odnesla sem jo v kuhinjo in jo predčasno, saj bi v normalnih okoliščinah zrasla v pravo lepotico, pripravila svoji družini za prilogo k zrezkom in rižu.

Samo da to še ni bil konec. Naslednje jutro sta na enak način povesili glavo že spet dve in kmalu mi ni bilo treba premišljevati, kako bi jo hranila za pozno jesen, ker je je preprosto zmanjkalo. Stvar je ta, da sem pravzaprav pacifistka in nikomur nočem nič žalega, nobenemu sovražniku, niti miši. Zato sem sicer osupla, a potrpežljivo čakala, kdaj bo imel voluhar dosti solatnih korenin. Žal tega nisem doživela. Zadnjo solato je pred mojimi očmi zvlekel v globino, tako da sem strme obstala pred globoko mišjo luknjo.

Nekoč me je neki pameten vrtnar poučil, naj se z živalmi povežem mentalno. To pomeni – predstavljaj si véliko mišjo mater in se z njo poveži v mislih. Ponižno jo prosi, naj z vsemi svojimi mladiči odide v bližnji gozd, kjer ima na pretek koreninic in še drugih poslastic, ki jih moj vrt nikoli ne nudi, saj imam v njem zelo omejen sortiment, borno ponudbo. Pa mi ni in ni uspelo, da bi jo dosegla. Izmikala se mi je, kot da se dela norca iz mene. Moji možgani so bili popolnoma preobremenjeni in moja koncentracija je pojemala. Če ne pridem v mišje sfere, mi ne bo pomagalo nobeno čustvo. Naj se še tako trudim, da obdržim pozitivno vzdušje in notranje ne kuham jeze: če se mišja mati skriva nekje pregloboko v moji podzavesti, je ne bom nikoli pregovorila. Nazadnje je puška neslišno padla v koruzo.

Torej solate ni bilo več na vrtu. Imela pa sem še korenje in zeleno. Slednja je zrasla v gomolje, ki so dosegli velikost otroške glavice. Za vso zimo tja do božiča je bo. Prišel je čas, da odnesem pridelek v klet. Mož je pripravil korito, pokril dno z zemljo in s peskom, jaz pa sem šla iskat zeleno. Bila je videti odlična. Sveža, velika in … puhla. Vse je bilo le fasada, vrt poln Potemkinovih kulis. Moja zelena je imela okrog in okrog lupino, znotraj pa je zijal prazen nič. Torej sem namesto zelenjave vso zimo kuhala svoje frustracije. Korito, napolnjeno z zemljo in peskom, sem prenaredila za korenje. A kako je že bilo tisto s krčmarjem? Korenje se je dalo izpuliti kar tako, izpulil bi ga lahko vsak dojenček, saj so namesto korenin vame zrle same prazne luknje. Ko sem spravljala tistih nekaj korenčkov v dosti preveliko korito, sem skrivaj škilila k sosedom, bala sem se namreč, da bi me kdo videl z »dobro letino«. Je kdaj moj vrt puhtel od zelene rasti? Miši, miši! Zaradi vas sem spremenila mnenje o zaščiti živali. Naj mi vse ostale nedolžne in ljubke oprostijo. Ampak proti vam je treba nekaj ukreniti!

Miš ne spada v hišo. Če se ti kljub temu pripeti, da najdeš oglodan sir in načeta jabolka, imaš sostanovalko, ki se je moraš čim prej znebiti. Ali postaviš past ali pripraviš metlo ali povabiš mačko na pojedino. Nekaj moraš narediti, sicer ne boš več mogel v miru brati časopisa. Ponoči bo šušljalo, podnevi škrebetalo in vmes ti ne bo dalo miru.

»Pri nas imamo miš,« so mi navdušeno prišli pravit vnučki.
»Pravo miš?« mi je bilo nejasno.
»Kaj misliš s tem? Seveda, pravo,« so prikimali.
»Pa je niste še …« – hotela sem reči »eliminirali«, a mi ni prišel na misel noben pravi izraz, ki bi ugajal zagovornikom zaščite živali in mojim trem vnukom.

Spomnila sem se vseh nevšečnosti v zvezi s to kreaturo. Kako sem jo videla na stopnicah v klet in od strahu kričala, kot da ne bi bila čisto pri pravi, in kako sem nekoč skoraj padla z učiteljevega stola, ko mi jo je brhka učenka Barbara sredi pouka stresla iz rokava in jo spustila na kateder. Kako hitro se razmnožuje, sem pomislila. Da ne govorim o neuspehih in frustracijah na zelenjavnem vrtu! Če je ne bodo takoj ... kako naj rečem, »eliminirali«..., jih bo jutri pet, čez dva tedna pa cela kolonija.

»Kje pa je vaša miš?« sem se končno spet zbrala.
»V kuhinji!« so mi rade volje izdali skrivnost.
»Pa vam je že oglodala sir ali jabolka ali krompir?«
»Smo ji dali samo solato,« se je glasil odgovor.
»Kakó solato?«
»Imamo jo v kletki. To je egiptovski skakač ali puščavska skočica. V trgovini so jo imenovali *Wüstenspringmaus*. Imenuje se Fipsi.«

Sedaj mi je bilo vse jasno. Vendar ne prestopim praga njihove hiše, dokler bodo imeli to grozoto v kuhinji. Miš je miš, pa naj bo puščavska ali egiptovska ali hišna. Jaz jih ne maram. ... Ali pa naj še enkrat tvegam pogovor z mišjo materjo? Me bo sprejela v svoje sfere? Sicer bom morala živeti s to mišjo travmo, dokler naju smrt ne loči.

Ptičja romanca

Ptiček in ptička
na veji sedita in v duetu
veselo žgolita!

Ali kdaj vidiš zjutraj ptiča, ki sedi na veji jablane ter žgoli čudovite speve Stvarniku in vzhajajočemu soncu? Prav o tem ptiču bi ti rada povedala zgodbico.

Bilo je vse temno in toplo okoli njega, ko se je zavedel, da živi in diha. Razprl je svoje drobcene peruti in zmeril prostor okoli sebe. Moral je biti v nečem okroglem, kajti stene se je dotikal vsepovsod, kamorkoli se je obrnil.

»Tu notri ne ostanem dolgo,« si je rekel. »Prav zares hočem videti, ali je zunaj te kletke še kje kak prostor zame.«

S kljunčkom je potrkal ob steno. Nekdo je to moral slišati, kajti njegovo trkanje je našlo odmev. Nekje od blizu za steno je slišal prijazne zvoke, ki so veljali njemu. Včasih je zaznal tudi zadovoljno ščebetanje, in takrat je bil posebno srečen.

Ko je nekoč s perutmi spet meril kletko, je stena počila. Prav pošteno se je ustrašil, ko mu je topel domek razpadal v črepinje. Pomirila ga je mamica, ki je že nestrpno čakala, da bo zlezel iz tesnega jajčka. Njeno ščebetanje mu je dajalo poguma, saj ga je poznal že od prej, in mimogrede se je znebil oklepa.

»Mama, lačen!« je bil njegov pozdrav. Medtem se je ata vrnil z lova in mu ponudil prvi zajtrk. Mali ptič je bil kmalu sit in prav nič ga ni skrbelo, ko je njegova mamica odletela, ker je vedela, da bo njegova lakota postajala vedno večja. Popolnoma je zaupal, da bo zanj poskrbljeno.

Užival je vonj pozne vigredi in pozdravljal sončne žarke. Tako je rastel in rastel. Mamica in ata sta ga naučila marsičesa. Rekla sta mu, da je zanje miza vedno pogrnjena in da je na svetu razkošje, čeprav ne sejeta in ne žanjeta. »Ne skrbi, bodi vedno dobre volje in uživaj življenje,« je slišal vedno znova. »Sonce sije za tisoče in tisoče živali in za vse je dovolj dreves, grmov in žitnih polj.«

Nekoč se je zbal sosedove muce. Pa mu je ata dejal: »Kdor se boji, temu se hitro kaj hudega pripeti, kdor pa živi brez strahu, temu se ne more nič zgoditi. Ti imaš krila, da lahko odletiš.« Letečega ptiča muca ne bo dosegla.

Ptičeva krila so postajala vedno močnejša. Odločil se je, da jih bo preizkusil. Zlezel je iz gnezda. Ata in mama sta ga naučila, kako naj obdrži ravnotežje na veji. Sedaj naj bi odletel, prvič, pa je podvomil vase in v svoja krila. Mamica ga je bodrila: »Korajža velja! Doslej so še vsi ptiči vzleteli. Zakaj prav ti ne bi?« In ata: »Česar se boš lotil odločno, ti bo tudi uspelo.« Ptič je razpel peruti in – odletel. Bil je silno ponosen nase, ko je varno pristal na bližnji veji. Tudi polet nazaj v gnezdo je bil prijeten. Sam si je dokazal, da zmore vse, kar hoče.

Postal je za nekaj dni pametnejši, ko sta ga starša poslala v ptičjo šolo. »Tam se boš naučil marsikaj lepega,« sta mu dejala, ko se je odpravljal iz domačega gnezda. V ptičji šoli je spoznal veliko prijateljev. Ves ljubi dan so se učili čudovite stvari. Slišal je o krajih, ki bi jih rad spoznal, o rastlinah, katerih semena imajo slasten okus, ter o sadežih na drevesih, pri katerih se ti kar cedijo sline. Dobre volje se je vračal na svoj dom in z odprtimi očmi in ušesi zbiral nove izkušnje. »Kar se zdaj naučim, mi bo prišlo prav vse življenje,« si je mislil. Tudi svojega učitelja je spoštoval, saj je bil mnogo dni pametnejši od njega.

Ko je končal šolo, je zapustil ata in mamo ter odletel v daljni svet. Rad bi vedel, ali je to, kar se je naučil o poljanah, polnih pšenice in prosa, res. Sonce ga je spremljalo vsepovsod in nikoli ni bil sam. Pa je zagledal nekaj svetlečega. Previdno se je približal. Bila je ptička. Vsa ljubka in nežna je pila roso z zelenega lista. Takoj se je zaljubil vanjo. Sedel je na vejo poleg njene in jo nekaj časa občudoval. Njene oči so tako žarele, kakor da bi imela zlate trepalnice. »Kako si lepa!« se je končno opogumil. »Skoraj mi zakrivaš sonce, tako se ti svetijo krila.« Ptička je sramežljivo povesila oči, kajti tako ji doslej še nihče ni govoril. »Ali si tudi ti odšla, da bi spoznala svet?« je zaslišala. »Da,« je zašepetala. »Ali si že našla poljane s pšenico in prosom?« jo je spet vprašal. »Nisem,« mu je vsa plaha odvrnila.

»Potujva skupaj!« ji je svetoval. »Da,« je dahnila. Tako sta si ptička in ptič obljubila večno zvestobo in odletela v skupno življenje. Večno sonce je pozdravilo njuno srečo in veter jima je zavel svatovski spev. Vem, da sta tudi našla poljane pšenice in prosa. Ne vem pa, ali sta se vrnila v moj kraj.

Kadar boš sedel pri oknu in videl ptice na jablani, natančno poglej! Morda je prišel ptič s svojo ptičko na tvoj vrt, da si v tvoji bližini zgradita gnezdece za nov ptičji rod.

Rojstni dan

Mama umetnica
iz vsake flike
nekaj lepega
pričarati zna.

Rojstni dan je poseben dan. Že mesece čakaš nanj in upaš, da ga mama in tati ne bosta prezrla. Za vsak slučaj ju vsakih nekaj minut vprašaš, ali bo že kmalu napočil tisti praznik. Odgovor je navadno kratek: Potrpi! Saj bo, saj bo! Zadnji dnevi minevajo najpočasneje. In ko si ga le dočakal, je tudi že mimo – in spet mora miniti celo leto do naslednjega.

Jaz praznujem svoj rojstni dan novembra. Ta mesec je najbolj žalosten v letu. Začnemo na grobovih, dežuje, včasih že malo sneži, veter piha, zebe nas do dna duše. In prav v ta čas je postavljen. Kot prižgana sveča v temni sobi.

Ko sem bila še majhna, smo živeli zelo skromno. Denarja ni bilo v hiši in naša mama je navadno parala stare plašče in obrabljena krila, kadar se je stemnilo. Novembra so večeri zelo dolgi in mamine spretne roke so iz starih cunj pričarale nove obleke, nova krila, predpasnike in predvsem copate. Razen moje mame in mene, ki sem jo vsak večer z občudovanjem opazovala, nihče ni vedel, da smo v naši družini nosili čisto nova oblačila iz obrnjenega blaga, ker se pač obrabljena stran ni več videla. Tatijeve hlače so bile včasih močno oguljene, tako da se je svetilo skoznje. Tiste tanke dele je izrezala in ostalo je dovolj čedne tkanine za otroško krilo.

Kadar je mama šivala in je njen stroj enakomerno drdral v večerni mrak, sem se jaz igrala s punčko. Imenovala sem jo Bibi. Če dobro pomislim, si tega imena nisem izmislila jaz. S tem imenom sem jo podedovala od starejše sestre, ki je takrat že hodila v šolo. Ona pa jo je dobila podobno kot jaz, samo nekaj let prej. Moja Bibi je bila zelo lepa. Imela je svetle kodre, saj nekaj jih je še imela. Samo nekaj je bilo z njo narobe. Bila je slepa na eno oko. Nekdo je brez občutka poskusil, kako močno je zasidrano v očesni jamici. Sedaj se ga ni videlo, ampak slišalo, kadar sem jo tresla, kot nekakšno trkanje v trebuhu. Tudi jaz sem bila spretna kot moja mama. Dobila sem star časopis in s škarjami izrezala očala zanjo, da bi bolje videla svet okoli sebe. A ni dosti pomagalo.

Nekaj dni pred rojstnim dnem sem zbolela. Bolela me je glava, imela sem vročino, morala sem ležati v postelji. Mama mi je skrbno kuhala čaje, ob vsem delu, ki ga je imela v hiši in hlevu, saj smo takrat imeli kravo, teličko, nekaj svinj, kokoši, zajce, ovce in psa. Sladkala jih je s strdjo, ki smo jo dobili od starega očeta, Velflnovega atija iz Lobnika. Od nog do glave me je ovila v mrzle obkladke, kot je brala v Kneippovi knjigi, ki jo je zelo častila. Tako mi je bilo vsak dan bolje. Lahko bi se v postelji že igrala s punčko ali pa vsaj uživala v njeni družbi, saj sem si že kar precej opomogla, a Bibi ni bilo nikjer. Verjetno sem jo založila ali pa je bila pod starim razparanim blagom, pripravljenim za naslednje mamine umetnine. Bila sem še preslabotna, da bi jo šla iskat.

Tudi svoj najsrečnejši dan sem pričakala v postelji. Ko sem se zbudila, je bila moja prva misel, kaj bo zdaj, ko ne morem vstati. Nisem imela časa za premišljevanje, saj sem ob postelji zagledala mizico, pogrnjeno z belim prtičkom. Moja zlata mama ga je skrivaj skvačkala prav za moj rojstni dan. V beli skodelici, ki je bila vsa posuta z zlatimi zvezdicami, je name čakalo sveže toplo mleko. Ne vem, ali sem zajtrkovala kruh z jabolčno marmelado – jabolk smo imeli dosti pri hiši – ali s strdjo ali pa kaj drugega. Nad posteljo ob peči je bila namreč ona – moja Bibi, s popolnoma zdravimi očmi. Kako je bilo mogoče, da je spregledala na drugo oko, si nisem mogla razložiti. Bila je tako lepa kot še nikoli. Njena bluza je imela isti svetlomodri vzorec kot mamina, krilce je imelo čipke kot bela obleka, ki jo je moja starejša sestra dobila za prvo obhajilo. Predpasnik je bil iz istega blaga kot moja blazina. Bibi je bila od nog do glave nova. Vzela sem jo v naročje in bila zelo zelo srečna. Mama je stala ob strani in se tiho veselila z mano.

Ukročena strmoglavka

Majhno dekletce,
velike sanje ...
Ko pa odrasteš,
nikar ne pozabi nanje!

Majhne deklice imajo velike sanje. Bili so časi, ko si niso želele šmink in lepih oblek, ne osebnega ročnega telefona niti Barbik, pa tudi Kena ne. Takrat je bila želja vsake male deklice, da bi prišel njen princ, morda celo na konju – kot tisti, ki je osvojil Motovilko v pravljici. Pravi bi moral biti, iz kosti in kože. In nekje bi moral stati njegov grad, kamor bi jo odpeljal, da bi večno živela v sreči in zadovoljstvu, ne pa tu v domu, kjer je bilo v vsaki spalnici devet postelj in je sestra vzgojiteljica vsak večer prezgodaj ugasnila luči. Morale so biti čisto tiho, še šepetati jim ni bilo dovoljeno. Tako so čakale, da jih obišče spanec.

Moje sanje so bile identične z zgoraj omenjenimi. Moral bi me seveda nositi na rokah, z menoj ravnati kot s princeso, mi kupovati grajske obleke in zlat svetlikajoči se nakit z dragulji. Poskrbel bi tudi, da bi imela lastno spletično, ki bi česala in krotila moje divje lase in jih spretno pletla v dolgo kito.

Toda kamor sem pogledala, princa ni bilo nikjer. Ni in ni se hotel prikazati. Moja starejša prijateljica je imela svojega viteza, s katerim je bila zelo zadovoljna. Videla ga sicer nisem nikoli, a mi je veliko govorila o njem, predvsem to, da ga bo vzgojila prav tako, kot si želi. Najprej bo začela z malim, potem pa ji bo ustregel z vedno večjimi uslugami. Srečna je, sem si mislila in zavzdihnila. Seveda je takoj opazila mojo največjo skrb. Najprej me je mirila, da naj vendar potrpim in počakam, saj bo že prišel od nekod. Ko bo čas zrel, bom tudi jaz postala kraljica. Imela bom svoje služkinje, ki mi bodo zjutraj pomagale pri oblačenju, mi urejale pričesko, mi ponudile ogledalo, da bom videla, kako lepa sem od zadaj in od spredaj, in ... in ...

Ko je bilo prijateljici dovolj mojega tarnanja, si je zamislila nekaj posebnega. Prinesla mi je kapico: »To je čarobna kapica. Karkoli si zaželiš, se ti takoj uresniči. Natakni si jo na glavo in jasno povej svoje želje.« Bila sem presrečna. Objela sem jo in se ji vljudno zahvalila, kot je to treba, kadar prejmeš tako dragoceno darilo. Kapico sem shranila v svileno vrečko in čakala do večera, ko bi si jo lahko nataknila.

Živele smo v internatu v Celovcu. Mamice in atiji so bili tako daleč proč, me pa tako same. Zelo smo jih pogrešale. Kako lepo bi bilo zlesti mamici v naročje in ji potožiti, kaj vse mi manjka. Mamice kuhajo samo slastne jedi, predvsem tiste, ki jih imajo hčerke najbolj rade. In atiji vzamejo otroke s seboj v gozd. Pripovedujejo jim pravljice o vilah in ptičkah v gnezdih. Tu v domu je vladal red. Vstajale smo zelo zgodaj, prezgodaj. Vsako jutro smo šle k sveti maši v kapelo. Sledil je zajtrk, potem učna ura, malica, spet učna ura in potem kosilo. Po kosilu pa pot v šolo, v dvoje, lepo v gosjem redu. Takrat smo obiskovale slovensko gimnazijo pod Križno goro. Pot se je kar lepo vlekla in zelo me je bilo sram racati takole kot goska skozi celo mesto. Bog ne daj, da bi nas sošolci videli tako pohlevne in pod komando.

Ob nedeljah je bila sveta maša v Novem bogoslovju. Tam smo srečale tudi sošolce, kar nam je zelo ugajalo. Čeprav smo bile še prvo- ali drugošolke, v mlajši skupini, smo zelo rade škilile na fantovsko stran v cerkvi. Sramežljivo smo zardele, kadar je kdo od njih pogledal v našo smer. In molile smo, da bi prišel tisti vitez, ki bi nas rešil vsega hudega.

Nazadnje je le napočil trenutek, ko sem lahko šla neopazno na stranišče. Nataknila sem si čudežno kapico in odprla list, na katerem sem imela napisano vse, kar sem si želela: princa in konja in grad in … in … Polglasno sem vse prebrala in zaprla oči. Zdaj zdaj se bo moral pojaviti, sem si mislila. A ga ni in ni bilo. Nekaj je moralo biti hudo narobe. Ali me je prijateljica vodila za nos ali pa je medtem čudežna kapica izgubila svojo moč. Nisem vedela, kako naj prenesem svoj poraz. Naj živim dalje kot doslej, nezadovoljna in tako strašno sama, ali naj sploh živim dalje? Prijateljica mi mora pomagati.

Naslednji dan sem komaj čakala, da sva se med malico spet lahko neopazno pogovarjali. Potožila sem ji, da kapica nič ne velja. Da se ni uresničilo, kar sem si želela, čeprav sem svoje sanje formulirala tako natančno, jasno in razločno. Prijateljica je takoj vedela, kako naj mi pomaga. »Pa si bila sama, ko si izrekla svojo željo?« je vprašala. »Čisto sama sem bila, nikogar ni bilo ob meni.« »A ne veš, kako je to s čudežnimi kapicami? Ko jo natakneš na glavo, ne sme biti ničesar okoli tebe. Kje si pa bila, ko si si jo nataknila?« Nerodno mi je bilo, ko sem ji izdala, da sem bila na stranišču. Glasno se je zasmejala. »Ja, tam je školjka pa narezan časopisni papir – toaletnega papirja še nismo poznale – pa rezervoar z vodo za odplakovanje. Tam nisi bila sama, draga moja. Veš, kakšne štorije so bile tam s tabo, zapisane v časopisih in knjigah, ki so jih zavrgli v Mohorjevi tiskarni in jih potem razrezali v lističe, primerne za brisanje tvoje ta zadnje! Vsaka beseda na teh listih je živa, nastala je nekje v zavesti pisatelja, pesnika, novinarja in nevidna stoji ob tebi in te opazuje pri tvojih čarovnijah in spleta svoje lastne abrakadabre. Ne podcenjuj tiska, draga moja. Na stranišču nisi sama!«

Pri priči mi je bilo jasno, da misli popolnoma resno. Govorila je tako učeno, in občudovala sem njeno inteligenco. Pojedla sem svoj kruh s sirom, ki je bil ostal ameriškim vojakom in so ga v kuhinji hranili v velikih pločevinkah, pospravila za sabo in s povešeno glavo odšla v učilnico.

Drugi poskus: Na poti iz šole domov sem se skrivaj oddaljila od svojih sošolk, se postavila na sredo Novega trga, daleč naokoli ni bilo nikogar – to je vendarle že kar nekaj let nazaj –, postavila sem se torej na sredo Novega trga in hitro dala čudežno kapico na glavo. Na srečo ni nihče od sošolcev prišel mimo, od sošolk pa tudi ne. Privlekla sem list z natančnim besedilom, ga glasno prebrala, skrila v žep, kapico shranila v svileno vrečko in ajde v internat. Nihče ni opazil moje solistične akcije. Princ pa tudi ne. Ni ga bilo – in življenje je spet teklo po starem tiru. Zgodnje vstajanje, sveta maša, zajtrk, učna ura in tako dalje.

Tretji poskus: Bila je sobota. Prvič smo smele iti domov k mamicam in atijem. Presrečna sem vtaknila svileno vrečko s čudežno kapico v žep in se z avtobusom odpeljala v Šentjakob. Mama je v hlevu molzla kravo, tati pa je imel običajni sobotni popoldanski pouk v samostanu v Šentpetru, od koder je prinašal s seboj svojo malico. Vsa družina se je veselila dobrot in sladic, ki nam jih je razdelil, tako da je vsak od nas prišel na svoj račun. Skrivaj sem šla na travnik in si nataknila kapico. Deklamirala sem svoje želje, sedaj sem znala že vse stavke na pamet in … nič.

Zbudila sem se sredi noči. Pa zaslišim ob sebi mirno in enakomerno globoko dihanje svojega ljubega moža. Ko se je obrnil v postelji in se me pri tem rahlo dotaknil, sem vedela. Nič mi ne manjka. Tu je, poleg mene je. Skrbi zame in rad me ima. Kaj pa še hočem! Pozabim lahko vse čudežne kapice in vse pustolovščine male šolarke. Najraje bi zrecitirala Shakespearjev hvalospev kakor nekoč njegova ukročena Katarina, tako sem zadovoljna, da je, kakor je. Ni sicer princ, gradu tudi nima, in zasnubil me ni na konju kakor Richard Gere svojo lepo gospo, ampak saj jaz tudi nisem lepotica Julia Roberts – in tako je vse v najlepšem redu. In če nisva umrla, živiva še danes v najinem kraljestvu na Tešinji.

Celovški zmaj

V Celovcu na Novem trgu
en zmaj sedi …
Nekoč je bil nejevoljen,
danes pa se smeji!

Sredi Celovca na Novem trgu živi zmaj. Živi in domuje na svojem prestolu. Prav nič ga ne zanima, koliko ljudi, staršev z otroki, starčkov s psi, šolarjev in drugih poskakovalcev hodi tod mimo. Zdi se, kot da je slep in gluh za vse mimoidoče.

Nekega dne, v stolpu mestne farne cerkve je pravkar zazvonilo poldan, je na Novi trg prispela šolarka s težko torbo na rami. Ustavila se je pred zmajem, ga postrani pogledala in vprašala:

»Kdo si pa ti, da noč in dan samo poležavaš?«

Zmaj je začudeno dvignil glavo, rahlo premaknil kamniti rep in opazil, da se je njegovo življenje zasukalo.

»Kdo sem, sprašuješ? Ali me ne poznaš? Celovški zmaj sem in moj dom je podest na tem trgu.«

»Že vem, že vem, kdo si, saj sem od danes, ne pa od včeraj,« je odgovorila deklica.

»Kdo si pa ti, ki motiš moj stoletni počitek? In kaj nosiš tu na hrbtu?«

»Mojca sem in vsak čas vem, kaj naj počnem. Hodim v šolo in se pridno učim, na hrbtu v šolski torbi nosim vse knjige, zvezke, barvice in svinčnike. Sem kar v redu. Ko bom velika, bom šla v službo in postala bolničarka, da bom stregla tistim, ki me bodo potrebovali.«

»Lepe načrte imaš,« je rekel zmaj, »kar ne morem se načuditi. Mene pa prav nihče ne potrebuje. Edinole kak turist se včasih postavi predme, da me kdo slika z njim.«

»Veš kaj, zmaj, poišči si službo. Jaz sedaj nimam več časa, ker me mamica čaka s kosilom, po kosilu pa domača naloga. In sploh se mi mudi.«

»Zbogom, Mojca!« je zmaj žalostno gledal, kako deklica odhaja. Kar zabolelo ga je pri srcu. »Nočem več sedeti tu in čakati, da me kdo slika. Nekaj pametnega bom počel. Poiskal si bom službo! Juhu, kako luštno bo …«
Zlezel je s prestola in začutil, kako mu v roke in noge prihaja moč. Glavo je premikal z lahkoto in, joj, kako je bil sedaj gibčen! Še par počepov in prevalov – in že je bil na poti, da si poišče službo.

»Kar zna Mojca, znam tudi jaz,« se je opogumljal, ko je potrkal na vrata prve trgovine, saj je videl v izložbi cel kup knjig. Takšnih, kakršne je Mojca verjetno nosila v nahrbtniku. Ni čakal, da bi ga kdo povabil noter, saj je že dosti let opazoval ljudi, kako so vstopali v trgovine in jih z vrečami v rokah spet zapuščali. Trgovka se ga je silno prestrašila.

»Kaj pa ti iščeš tukaj?« ga je vprašala, ko je spet prišla do sape. »Pri nas bi rad delal? Ne, nikakor ne. Časi so slabi in sami odpuščamo svoje ljudi. Ne potrebujemo takega čudnega prodajalca.«

Zmaj se je vljudno poslovil, a ni vrgel puške v koruzo. »Poskusil sem, pa mi ni uspelo. Ampak dan še ni pri kraju, jaz pa sem še čil in poln energije.«
Ob nedeljah je opazoval ljudi, kako so lepo oblečeni hodili v smeri proti stolnici. Tja se je napotil. Tam bo poskusil svojo srečo.
Pred portalom stolnice je stal župnik. Bil je prijazen gospod in ni se mu zdelo prav nič čudno, da pred sabo vidi zmaja.

»Dober dan, gospod župnik,« ga je pozdravil zmaj, »lepo sonce imamo danes, kajne?«

»No, kaj pa je tebe zaneslo semkaj, gospod Zmaj?« je odgovoril župnik.

»Službo iščem. Znam pisati in brati in računati,« se je rahlo zlagal. »Morda bi lahko postal ministrant, da bi bil vsaj za nekaj dober.«

Gospod župnik ni vedel, kako naj se na vljuden način otrese zmaja, ki bi bil rad ministrant. »Pa veš, kdaj je slava, povzdigovanje in obhajilo?« se je pravočasno spomnil.

»Kaaaj pa je vse to? Še nikoli nisem ničesar slišal o teh stvareh.«

»Vidiš, dragi brat, biti ministrant ni tako lahek posel. Vedeti moraš, kdaj je treba zvoniti in kdaj poklekniti. Bolje zate, da poskusiš kje drugje!«

Spet je bil na začetku. In zvečerilo se je. Iz bližnje restavracije je vabljivo dišalo. S svojimi človeškimi lastnostmi je seveda pridobil tudi to, da mu je želodec začel kruliti. Vstopil je in videl veliko dvorano z vabljivimi kotički: mizami, stoli, rožicami na mizah, prižganimi svečkami in ljudmi, ki so zadovoljno uživali dobrote na krožnikih in v kozarcih. Rad bi bil sedel za mizo in poklical natakarja, da bi mu postregel, ko se je spomnil, da bi prav tu lahko postal koristen. Tako natakarja le ni poklical za postrežbo, čeprav je bil pošteno lačen. A za jedačo je bilo treba delati nekaj koristnega, je bil prepričan.

Natakar ga je seveda opazil, se namuznil in poklical šefa restavracije. Celo večnost pozneje je šef prišel do njega in naš zmaj je čisto pohlevno dejal: »Gospod šef, službo iščem. Znam pisati, brati in računati. Rad bi delal tu pri vas. Ali me sprejmete za natakarja?«

»Dragi zmaj, kaj pa še znaš? Ali si se kdaj naučil točiti vino in na pladnju raznašati kosila?«

»Ne, tega na žalost ne obvladam. Ampak lačen sem in moram delati nekaj koristnega. Torej pri vas to ni mogoče?«

»Dam ti sendvič za prvo silo, potem pa te moram žal poslati drugam,« je bil šef usmiljenega srca. »Samo pisati in brati zna pri nas vsak otrok. Če ne znaš še kaj drugega, si boš moral poiskati službo na cesti!«

Zopet na cesti. Toda tokrat je bil prepričan, da bo tu delo tudi našel. Saj mu ga je obetal sam šef restavracije. Mimo se je pripeljal tovornjak, ki je odvažal smeti. Takrat se mu je posvetilo. Ves srečen se je spomnil svojega repa, ki ga je začel spretno sukati na vse strani. Tako je pometel vse celovške ceste, smeti pa z močnim zamahom spravil v tovornjak, da so jih odpeljali na odlagališče. Bil je silno zadovoljen sam s seboj. Delal je vso noč. In ko se je zdanilo, so Celovčani videli zmaja spet na starem mestu na Novem trgu. In kdor ga je natančneje pogledal, je videl zadovoljen smehljaj na njegovem gobcu.

Mestni očetje so ga v zahvalo za njegove zasluge ovekovečili na tovornjakih, ki odvažajo smeti.

In vse to samo zaradi Mojce.

Tešmuc

Mačke in mački
– to je veselje –
živijo v salonu
ali si prilastijo vse naselje!

Najbolj se je smilil Leli. Posvojila ga je, kupovala mačjo hrano, dan za dnem polnila mačjo posodo in opazovala njegovo obnašanje. Kadar je prišel krvav iz gozda, je bila vsa potrta. Ure je premišljevala, s kom se je stepel in za kaj – in kako to, da mu je manjkalo toliko dlake, saj se je videlo do kože. Jaz, soseda, sem jeseni dobrovoljno sprejela nalogo, da nadomeščam prvo in pravo gospodinjo v času, ko se bo zabavala z učenkami in učenci v gimnaziji. Poletne počitnice so pač prehitro pri kraju in treba je vzeti slovo od raja, slovo od ljubljenih ptic in – slovo od preljubega Tešmuca.

Poznamo debelega belega muca s črnimi obrvmi in črnim repom, potem lisastega, ki mu manjka del repa – verjetno je bil kdaj preveč pogumen –, majhnega sivega in sosedovega dobro rejenega žemljastega. Vsi so lépo mačje povprečje.

Le eden odstopa od povprečja – Tešmuc. Zakaj ima tako posebno ime? Zdi se nam, da ni doma pri nobeni gospodinji in nobenem gospodarju. Suh je kot treska, v gobčku skriva škrbasto čeljust, njegova dlaka ima sicer lepo žemljasto barvo, a je razkuštrana in umazana. Ubožec, za katerega nihče ne skrbi, ki nima pravega doma in so mu vsi saloni tuji. Pravi tešinjski muc torej. Trije sosedje smo ga posvojili in tako hodi od ene hiše do druge in liže vse ostanke na pragovih soseščine. Pravi Tešmuc. Verjetno ne zna loviti miši in bi brez nas v najkrajšem času umrl od gladu.

Smetiščni muc tu, salonski muc tam. Se spomnite zgodbice, ki jo je napisala Svetlana Makarovič? Eden umazan, drugi negovan; eden lačen, drugi sit; eden brez vsakega bontona, drugi pa prilagodljiv in ljubezniv. Smetiščni muc ima le eno prednost, pozna svobodo, ki pa salonskemu mucu ni znana niti kot beseda.

Tu v našem tešinjskem raju je tudi pravi paradiž za vse vrste mačk. Salonske imajo prav tako prostost kot smetiščne, in tu pa tam se celo Neža spomni, da »slučajno« na pragu pozabi posodo z ostanki opoldanske pečenke. Naslednje jutro je posoda prazna in polizana. Mačke so zelo bistre živali. Take gostije si zapomnijo in se kmalu navadijo na tešinjski bife.

Kot dobri sosedje svojo nalogo opravljamo vestno in zavestno. Vsako jutro opazujemo, kaj se je pri mačku spremenilo, kaj je danes drugače. In pridno polnimo posodo z zajtrkom. Se že zgodi, da mucu manjka velik šop dlake in se sprašujemo, kaj se je zgodilo. Pri nas imamo steklena vrata na verando, kjer stoji posoda za mačjo pojedino. In dober razgled na mačji svet.

Nekega jutra je Tešmuc pridno pojedel svoj zajtrk, polizal posodo in odmijavkal. Nekaj minut pozneje se prikaže že prej omenjeni beli muc s črnimi obrvmi in črnim repom. Pride nevarno blizu in začne lizati posodo, v kateri ni nobene kapljice hrane več. To ga ne moti. Liže in liže, dokler se od strani ne zasliši piš, kot da bi veter sunkoma udaril skozi špranjo lesenega stranišča. Tešmuc se je nepričakovano vrnil s svojega sprehoda in zagledal ogrožen svoj zajtrk in svoj teren. Pihnil je še enkrat ter posvaril belega muca. Ta se je počasi umaknil – in za danes je bil sklenjen mir.

Ko pa se je drugega jutra ponovil prvi del zgornje scene, se je režija spremenila. Tešmuc je skočil proti belemu mucu, ga napadel, in že sta si skočila dobesedno v lase. Ti so frčali vsepovsod naokrog, beli, črni in žemljasti. Kar v debelih kosmičih. In ni bilo konca. Zavpila sem in skočila proti njima, mislila sem, da ju bom spravila narazen, a se še zmenila nista zame. Strnjena v klobčič sta se odkotalila po hribčku pred hišo navzdol in nadaljevala svoj jutranji boj. Kjer se tepejo živali, naj človek ne poseže vmes, sem si nato dejala in se skrila v hišo. Kaj, če bi si muca premislila in vso to bojevniško energijo uperila vame in me skupaj zmrcvarila? Jaz tega verjetno ne bi preživela.

Toda naslednje jutro – vse po starem. Tešmuc pride pravočasno na svoj zajtrk, nekaj pozneje pride polizat posodo beli muc. In nič se ne zgodi. Moj televizijski program na verandi je očitno postal nezanimiv. In oba muca sta se očitno pobotala.

Tisti drugi sosedje so medtem prav tako odšli v mesto. S počitnicami se konča tudi zabava na Tešinji. Poleti se vrstijo kave in klepeti pri enem, drugem in tretjem sosedu. Nikomur ni dolgčas, vsi se razumemo in iščemo bližino drug drugega. Ko pa pride jesen, pa še blizu ne smem … poje pesem. Pri nas to ni tako. Jaz sem tako rekoč neizvoljena in prostovoljna oskrbnica preostalih dveh hiš. Z možem skrbiva za to, da je na Tešinji vse kolikor toliko v redu. Da nas ne napadejo lopovi in da so vse luči ugasnjene. In da nam ne pokradejo mačjih posod pred hišami.

Leto se je obrnilo že bolj proti koncu jeseni, ko so priletele prve snežinke in pobelile tešinjski raj. Bilo je še lepše kot poleti. Vse se je svetilo in polje je bilo posuto z demanti in drugimi belimi dragulji. Šla sem na sprehod in slavila Boga, da nam je podaril tako krasoto. Pa pridem do soseda in – saj veste, bivali so v mestu – se čudim, da so drsna vrata na verando na stežaj odprta in da je mraz pobelil tudi notranjost oken na verandi. Kot zanesljiva varuhinja našega paradiža sem po telefonu obvestila soseda v mestu, da so bila njihova drsna vrata odprta kar nekaj časa, da pa *po moje* ni nič manjkalo niti ni bilo kakih človeških stopinj v snegu, ki bi peljale k njihovemu domu. Srečevale pa so se srne, tudi zajci ali mački so hodili tam okoli – po stopinjah v snegu sodeč. Sosed Janko me je pomiril zaradi prostega dostopa do njihovega zimskega vrta in pomodroval, da jim je gotovo kdo kaj pustil tam. Jaz v naglici nisem opazila, da bi jim bil kdo kaj zanimivega prinesel. Kako prav je imel Janko, se je pokazalo, ko so se za božične počitnice spet priselili na Tešinjo. Najprej je opazil, da je v zimskem vrtu tako čudno dišalo, kar jasno recimo: smrdelo. Le kaj je to bilo? Hargotnohamol, vse blazine na stolih in na kavčih sedežne garniture so bile popackane. Očitno si je eden izmed mačkov izbral prijetno bivališče in vsako noč markiral svoj revir na drugem sedežu in drugi blazini. Zdaj pa bog ne daj, da je to bil naš ljubljeni Tešmuc!!!

Dneve smo opazovali njegove navade, dokler nam ni bilo jasno. Hvala bogu so se tam okoli klatile druge mačke, le Tešmuc je olikano ostal zvest svojemu brlogu. Vsa čast in hvala mu! Soseda Krista je naslednje dni prala in likala, dokler ni bil pri hiši spet običajen red in so njihove blazine spet dišale.

Letošnji božič je bil zelen. Zaman smo si želeli snega. Nekaj dni pred svetim večerom je zapihal jugo in na polju se je raztopila čudovita lepota. Za našega muca pa je bil to povod, da nam je pokazal, kako čvrst in močan je postal in kako so se mu vrnile mačje lastnosti. Ujel je prvo miško!!! Prinesel jo je Leli, se z njo nekaj časa igral, potem pa jo je pohrustal in pustil samo še žolč. Nam je ostalo nejasno, kako se je to moglo zgoditi, ko pa mu v gobčku manjka nekaj zob. Vsekakor je vedel, kaj naj napravi z ostrimi mišjimi zobmi in dlako.

Ob vsem tem pa nam ostajajo neodgovorjena vprašanja:
1. Kateri maček je izkoristil azil pri sosedu Janku?
2. Komu se je zaželelo civilizacije?
3. Kdo je pustil smrdljive sledi v sosedovem zimskem vrtu?

Zdaj ko vem, kako vljudno se vede naš Tešmuc,
- da se hrani v porcelanasti posodi približa šele, ko ga nihče ne opazuje
- da si pridno umiva in liže gobček, tačke in uhlje
- da se je začel igrati z orehi
- da jih kotali sem ter tja,

da, sedaj mi počasi postaja jasno,
- da je sosedov salon onesnažil naš Tešmuc
- da je hotel živeti med blazinami in
- da je želel postati navaden muc salonar.

Ojoj! Tega pa seveda nikomur ne povem! Bog ne daj!

Post scriptum:
Ko so dnevi postajali daljši in je na travniku zacvetelo že nekaj marjetic, nam je Tešmuc pripeljal in predstavil svojo Betlket, mačko, ki je preživela že marsikatero zverinsko

bitko. Tako smo jo imenovali zato, ker je ubožici med bojevanjem nekdo odgriznil uho. Nisi mogel trditi, da je lepa in zapeljiva. Poznali smo jo že dalj časa, a novo je bilo, da je postala Tešmuceva družica. Dolgo se je smolil okoli nje, se ji dobrikal, mijavkal, da bi se še najlepši tešinjski mački omehčalo srce, in nazadnje jo je objel. Vsi smo bili srečni, saj je končno našel pravo mačjo ljubezen.

Robot Žabon

Robot ni igrača,
ne pusti ga blizu,
to se ne splača!

Torej eno vam lahko z dobro vestjo povem: Džov se je obnesel. Naj vam pojasnim, da je Džov neviden temnopolt pomagač izza one strani pajčolana med tem in onim svetom. Pomaga mi pri kuhi in peki in letošnja pogača mi je odlično uspela. Kuhanje zame odtlej ni več ne naporno in ne komplicirano, saj nenehno dobivam temnopolte napotke iz onstranstva.

Moja izobrazba je raznolika. Najprej sem hodila v vrtec, potem v ljudsko šolo, nato v gimnazijo. Poslali so me tudi še na višje šole in še kam drugam po svetu, a en problem me je spremljal vsepovsod: čiščenje je bilo in je poleg kuhanja moja slaba stran. Moji otroci trdijo, da tista ministrica, ki je za hišna opravila določila fifty-fifty, z mano ne bi imela veselja, jaz pa še manj z njo. Če bi namreč delila pospravljanje na pol-pol, bi močno nastradala. Pošteno bi se morala potruditi, da bi prišla samo delček bliže k polovici, dosegla pa je verjetno ne bi nikoli.

Ko sem bila še dojenček, je tati prihajal domov na Tešinjo samo ob sobotah. Po obveznem opoldanskem spanju mi je mama dovolila, da sem zlezla na hribček ob češnji in gledala, kdaj se bo prikazal njegov šepavi korak na poti iz Podrožce prek Breznice proti Vovnici. Dopoldne pred njegovim prihodom pa sva imeli z mamo veliko opravkov. Najprej je mama spekla pogačo, in ko se je pogača pekla v peči, me je posadila na mizo, vzela lavor, ga napolnila s toplo vodo iz štedilnika in ga postavila na tla. Potem je šla po sirkovo krtačo, s katero je obdelala leseni pod, ki je bil precej hrapav. Vsake toliko časa je zavzdihnila. Jaz sem jo na mizi opazovala iz ptičje perspektive in sem trpela z njo, dokler ni končala tega križevega pota. Pridna mama je odstranila tedensko umazanijo in tati je lahko prišel domov.

Bila sem že malo večja, ko so v Celovcu odprli Slovensko gimnazijo prav zame. Zelo sem se veselila, saj sem že vedno raje pisala in se učila, kot pa pomagala mami pri pospravljanju in čiščenju. Pot iz Šentjakoba do Celovca je bila takrat zelo naporna. Tako sta tati in mama določila, da smem stanovati v Mohorjevem domu. To je bilo zame eno samo veselje: nič več samevanja, tam bodo še druge deklice, nič več pospravljanja in čiščenja. Ves dan bom med knjigami in zvezki, pisala bom in brala, čistili bodo pa drugi. Pa iz te moke ni bilo kruha. Sestra vzgojiteljica je hotela iz nas narediti tudi dobre gospodinje. Tako smo dobile v roko metlo, cunje ter nekakšno mrežasto gobo iz žlahtne kovine, na katero smo morale stopiti in z njo plesati in drgniti po parketu. Vzgojiteljica se mi je silno zamerila. Imela sem se za nekaj imenitnejšega. Ples na parketu je bil zame bolj spotikanje kot pa tisto, kar naj bi res bil, namreč čiščenje. Tudi brisanje stranišča in kabin za tuširanje mi ni ugajalo. Nekoč je vzgojiteljica posmehljivo v mojo smer dejala: »Kjer osel leži, tam dlako pusti!« Nisem vedela, kaj misli in zakaj me tako žali. Pa me je odpeljala na stranišče in mi pokazala v steno vpraskano moje ime. »Ja seveda,« sem si mislila, »samo sebe bom ovekovečila na stranišni steni. Tako bedasta pa le nisem.« Užaljena sem drgnila in brisala, dokler na steni ni bila vidna le še bela lisa.

Življenje prinese nove izkušnje. Zaneslo me je v zakon. Z možem sva dobila otroke in z njimi tudi mnogo veselja, a več nereda. Pospravljanje je bilo dodeljeno čistilki pa možu in otrokom. No, malo sem tudi jaz posegla vmes, kadar se mi je zdelo potrebno. Dobili smo razne pripomočke. Tla so bila bolj gladka kot kdaj prej. Pozabljen je bil hrapavi leseni pod in naš parket se je vedno svetil, razen kadar so se na njem pasle prašne ovčke. Toda tudi zanje smo našli rešitev. Fitness trening smo opravljali doma, kot primerno orodje pa nam je služil tudi sesalnik.

Tako je kar nekaj let minilo v miru in slogi. Otroci so si medtem že zgradili lastna gnezda. Moja samozavest je zrasla in s skoncentriranim organiziranjem mi je uspelo olajšati si domače posle – saj veste, nebeški kuhar Džov – in ohranjati čistočo v mojem revirju. Idej mi ni nikoli zmanjkalo. Domislila sem se, kako imenitno bi bilo, če bi se delo opravljalo kar samo od sebe. Ne bi se bilo treba sklanjati in ne pometati, ne sesati in ne brisati prahu po tleh. Čira čara …

in …

še istega dne se je moja domislica materializirala in v hiši je stal zelen robot. Bil je ploščato okrogel, z velikimi očmi in s trepalnicami, s katerimi je segel v vse kote in pod vse stole, mize in postelje. Kakšno veselje je bilo, ko je samodejno prevzel levji del čiščenja! Ne da bi mu kaj rekla, je šel k svojemu električnemu koritu, se nasitil in nadaljeval svojo nalogo. Pa se je zgodilo, da mi je kar nekaj časa nerodno plesal pod nogami. Motil me je v mojem miru. Razjezila sem se in ga okregala.: »Pojdi stran!« Odbrnel je, jaz pa sem lahko spet udobno sedela v svojem kotičku in se potopila v morje črk in besed. Prebrala sem eno poglavje in še drugega. Potem sva z možem večerjala in šla spat.

Drugo jutro me pozdravi prašna ovčka prav pred omaro v spalnici. »Žabjek, kje si?« sem se spomnila. Že prejšnji večer je bilo tako nenavadno mirno, brez žabjega brnenja in vrtenja okoli mene. »Žabon, kje si?« sem ga poklicala. On pa nič. Bilo je čisto tiho. Mož je bil že odšel iz hiše in bilo je grozljivo spokojno. Pogledam pod mizo, nič, samo kosmiči prahu. Pod omaro v dnevni sobi, nič, samo prašne ovčke. Pod kavčem pri oknu, nič, niti kosmičev niti ovčk. Pod naslonjačem v mojem kotičku – sploh nič. Spomnila sem se sinočnjega »nesporazuma« med nama. Gotovo mi je zameril in me sedaj noče več videti. In noče več ubogati. »Žabič, Žabiček, Žabonček, saj nisem huda nate. Ali mi zameriš?« Pa se mi ni oglasil. Sedla sem v naslonjač in se s kazalcem pogladila po čelu. Pravijo, da lahko na ta način dobiš preblisk. Ja!!! »V spalnici?« sem se spomnila. V spalnici imamo vse zelo lepo pospravljeno, razen, da, razen tistega kota tam med omaro in steno. Tja bom pogledala, sem si mislila. Tam je ležala moja nočna srajca, moje včerajšnje nogavice, moj predpasnik za kuhanje, nekaj srajc, ki jih bo treba še zlikati, in jopica in še kaj bi se bilo našlo na kupu. In tam spodaj, sedaj čisto nič ne lažem, je tičal, obrnjen v kot in … no ja, ravno jokal ni, ampak bil je zelo razočaran nad mano. Obrnila sem ga v smer proti sobi, mu izmotala trepalnice iz nogavic, v katere se je bil zapletel, ko si je brisal razočarane oči, ga prosila odpuščanja in ga izpustila na prostost. Takoj je zopet začel zadovoljno brenčati, se sukal pred mano in v najkrajšem času pregnal vse prašne sledi iz stanovanja.

Bilo je opoldne. Mož je prišel domov na kosilo. Tudi otroke sva imela povabljene. Sedeli smo ob mizi. Juhica je bila slastna, krompirček prepražen, zrezki sočni in sploh. Kar prijetno se je dalo uživati v družinski idili. Pa smo nekaj pozabili. Prezrli smo najmlajšega in najmanjšega družinskega člana. Ta pa je pridrvel proti mizi, se sukal okoli stola in, joj, grozno, začel se je dvigati po stolu navzgor. Strašno se je trudil, da bi tudi on lahko sedel na stol. Hoče, da ga poljubim, mi je bilo takoj jasno. Zagnusilo se mi je, prav pošteno. In kaj bom s kraljevičem v družini, ko pa sedi na sosednjem stolu moj mož. Prašni žabjek je že skoraj dosegel moja kolena, pa sem ga zabasala in ga vrgla ob steno, prav tako, kot me je naučila kraljična v pravljici. Lahko si predstavljate katastrofo, ki se je tedaj razbita sesula na tla. Pobrala sem zelene ostanke in trepalnice in jih odnesla v koš za smeti. S povešeno glavo in skesanim korakom sem se nato podala na pot v osveščeno resničnost, sedla k osuplim članom ljubljene družine in se delala, kot da se ni nič zgodilo.

Še dobro, da je Džov neviden!

Fetišistka

Nočem biti fetišistka,
ki se oklepa ene stvari,
raje sem pacifistka,
ustvarim si mir
pred sitnimi ljudmi!

Poznamo razne istke. Najbolj znana je feministka, ki zastopa ženski spol na moški način. Potem lahko srečamo komunistko, ki skrbi za komuno, pa pacifistko, ki ji je pri srcu mirno morje. Publicistki je najpomembnejša zadovoljna publika, fetišistka pa si izbere svoje preference kjerkoli. Ni določeno, za kaj se fetišistka zanima, da postane to, kar je.

Kaj pa je fetiš? Pri nekaterih ljudstvih je to predmet, ki ima nadnaravno moč in se ga časti po božje. Tako Slovar slovenskega knjižnega jezika, ki nadaljuje, da književniki včasih tako imenujejo za posameznika ali skupino ljudi nedotakljivo, slepo oboževano, priznano stvar. Konec citata iz SSKJ.

Če se spomnite Samsona iz Stare zaveze, boste verjetno pomislili na njegove lase, ki mu jih je njegova Dalila po sladki urici odrezala v spanju. Z lasmi mu je bila odvzeta tudi izredna moč. Nato pa se je maščeval in podrl dva stebra, pod kamni pa pokopal sebe in še druge.

Lasje so tudi moj fetiš. Vsak dan jih trikrat po stokrat razčešem od koreninic pa tja do konic. Stalno si popravljam glavničke in sponke, da mi ne zlezejo iz prelepe frizure, in stalno premišljujem, zakaj si jih ne barvam.

Ko sem se rodila, lasje še niso bili moj fetiš, ker jih še nisem nič imela na glavi. Takrat sem bila bolj podobna roza balončku. Verjetno je takrat nekdo, ki naj bi mene, malo bebo, občudoval, pripomnil, da bi pač lahko imela vsaj nekaj las. Ni jih bilo. In ta pripomba je v meni povzročila globoko travmo. Verjetno se je takrat z menoj vred rodil tudi moj problem.

Mama je ta moj problem takoj opazila. Skrbno mi je masirala glavico, ko sem bila še plešasta. Pozneje, ko so mi lasje že zrasli, jih je umivala z jelenovim milom, tako imenovano *hirš žajfo*. Čeprav je mama zame hotela le najboljše, so se ji moji lasje hudo zamerili. Štrleli so kot brezova metla in se niso hoteli pomiriti.

Ko sem začela hoditi v šolo, so vsi prav kmalu opazili, da imam sicer bistro glavico, na njej pa svojevoljno kompozicijo neukročenega in neukrotljivega čopa … da, prav imate … las. In zaradi bistre glavice so me izvolili tudi za ženinovo nevesto pri novi maši v Šentjakobu v Rožu. Seveda niso poznali moje travme. Mama je poiskala rešitev. Na dan pred novo mašo me je odpeljala k frizerju, kjer so me normalizirali. Bila sem prvič res lepa. Toda krčmarica sem bila tokrat jaz, in račun še ni bil podpisan. Popoldne sem se potepala s prijateljicami. Zbirale smo rože za krašenje oltarja. Iz domače vasi, moja je bila Tešinja, ostale so imele druge, npr. Veliko vas, Svatne, Breznico itd., smo se odpravile na drugo stran fare, prav tja do Sčedma oziroma Šentjanža, kjer smo prepričale kmetice, da so nam natrgale najlepše rože z vrta. Za krašenje cerkve teh potem žal niso uporabili, ker so cvetke med dolgo potjo do farnega svetišča že zdavnaj žalostno povesile glavice. To ni bilo tako hudo. Mizerija se je pokazala šele potem, ko sem stopila pred mamo. »Joj, kakšna pa si?« imam v spominu njen pozdrav. Pogled v oguljeno ogledalo mi je dokazal, da je bilo vprašanje upravičeno. Naslednji dan torej ni bilo nič z mojo lepo frizuro. Lasje so spet po svoje štrleli, na čelo pa se je prilepil debel koder v obliki šestice.

To je bilo edino, kar je še ostalo od frizerja. Novomašnik tega hvala bogu ni zapazil, ker je imel druge skrbi. In zapravljena je bila priložnost, da bi se pokazala s svoje sladke strani.

Lasje za vpis na gimnazijo niso merodajni. Vzamejo te tudi, če jih nimaš tako zelo urejenih. Glavno je, da imaš pod njimi v glavi še kaj. In tako se je začela moja pot do velike učenosti. Razrednik nas je pridno učil. Prej ali slej smo vsi znali Stritarjevo *Ti tam šesti v drugi klopi*, pa Aškerčev *Mejnik*, pozneje Aškerčevega Mutca Osojskega. In peli smo *Prišla je miška iz mišnice*. Pa še katero.

Ko sem hodila v peto gimnazijo, moj problem s pričesko še ni bil rešen. Ogledovala sem si slike v revijah. Deklice, ki so bile svetlolase ali kostanjeve ali črne. Zelo so mi bile všeč. Naslednje je bilo, da sem hodila k frizerju gledat pričeske v ustreznih katalogih. In tako sem odkrila zase najprimernejšo. Lasje naj bodo kratki, tako me bodo krasili, kakor je treba. In lepa bom kot tiste manekenke v reviji. Opogumila sem se, zbrala ves denar, ki mi je ostal od žepnine, in si pustila postriči lase. Ma, sem bila čedna. To je bilo dopoldne. Pouk se je začel pet minut čez eno. V šolo sem šla preko Benediktinskega trga. Za kosilo nisem imela več veliko denarja. Prodajalka pri stojnici je videla, v kakšni zadregi sem, in mi je ponudila žemljo, pomočeno v mast, za 35 grošev. Vsa srečna, saj sita, sem odhitela v smeri proti Križni gori. Prepotena sem prispela v razred. Sošolke so se mi hote ali nehote izmikale. Prepričana sem bila, da mi katera od njih zavida, ker sem tako lepa. Potem je vstopil razrednik. Videl me je in dejal: »A ti si pa Brutus?« Vsem tistim, ki ne vedo, kdo je bil Brutus, naj razložim, da tudi jaz in moj razrednik nisva vedela več kot to, da je bil v starih časih rimski politik. In da je imel najbolj zmešano frizuro od vseh rimskih politikov. Komaj sem zadrževala solze. Sošolke in sošolci pa so iz obzirnosti molčali.

A dneva še ni bilo konec. Doma me je čakal oče. Ko me je zagledal, je poklical mojo sestro lepotico, ki si je že zdavnaj barvala lase, in dejal: »Poglej, kakšna je. Daj, napravi nekaj!« Moja sestra je bila brez moči. Kratki lasje so kratki in ne da se jih podaljšati. Dneve dolgo, ja, célo večnost sem čakala, da so mi zopet zrasli in sem bila spet normalna.

Ko sem postala profesorica, sem se morala odločiti, ali se bo že od daleč videlo, da sem to, kar sem, česar nisem želela, ali pa si moram redno urejati svojo frizuro. Odločila sem se za slednje. Toda ni se mi posrečilo. Navada je železna srajca, pravijo, in moji lasje so se vedli po stari navadi. Minila so leta, problem je ostal. Ko sem zaslužila toliko, da sem si lahko privoščila luksuz lepote, sem se odločila, da predam svojo naglavno zunanjost izkušeni roki. To je bila zelo trezna in umna odločitev. Odtlej skoraj ni bilo več problemov.

Tretjega otroka sem pričakovala, ko sem na glavi že zbirala prvo srebro. Treba bi bilo končno seči po barvah, pa sem pri prijateljicah in sestrah opazovala pričeske od zgoraj. Kako se one barvajo in kakšen je uspeh. Ker sem bila večja od večine sodeželank, sem kar kmalu opazila, kako se pri njih le nekaj dni po barvanju pojavlja siv narastek. Premišljevala sem, kako bi se temu izognila. Medtem se je moja hčerka rodila, jaz pa sem postajala vedno bolj srebrna. Nekega dne sem se tudi naveličala večne hoje k frizerju in sem sama vzela stvar v roke. In to je to. Že nekaj let premišljujem, ali naj si lase pobarvam ali naj si le nataknem rdeč klobuk. V naslednjih dneh se bom verjetno morala odločiti. Do takrat pa vam želim vse najboljše in čim manj problemov z lasmi.

Vrana in vran

Ogledalo in budalo,
kaj jima je skupnega?
Boj na obeh straneh!

Moje obzorje sega od gozda mimo ribnika in smrek preko travnika do sosedovega skednja, vključuje nekaj sadnih dreves in čebelnjak. To je moje obzorje, majhno in luštno. Ravno dovolj, da ni časa za dolgčas. Če sedim v zimskem vrtu in berem časopis, poslušam novice ali ljudske pesmi, mi oči pri vsaki spremembi zunanje slike nehote uidejo preko našega travnika k sosedu.

Sramežljivo moram priznati, da imam na polici *rešpetlin*, to je nižje pogovorni izraz za daljnogled. Meni se zdi ta beseda bolj eksotična kot pa tista, ki je dovoljena, in zato vzamem v roke raje *rešpetlin* kot pa daljnogled. Zakaj potem sramežljivo, me boste vprašali. Ker mi ta pripomoček skrivaj olepša in razširi moje obzorje.

Sosedu to seveda ni nič kaj prav, za košatimi drevesi se skriva njegova zasebnost, no ja, samo pozno vigredi, poleti in tja v pozno jesen. Ko pa je zima, leži vsa sosedova domačija čisto nezaščitena pred mojimi očmi. Včasih mu hudomušno priznam, da opazim vsak avtomobil pred njegovo garažo, preštejem ljudi, ki zlezejo iz avtomobila ali pa se stlačijo vanj. Tako da sem vselej na tekočem. Pozimi. Ostali letni časi niso tako razkošni z informacijami, zato pa se bolj koncentriram na čebelnjak.

Tega je sosed postavil ob robu travnika. Okoli čebelnjaka rastejo vrbe in razno grmičevje, tako da imajo čebele že zgodaj vigredi pašo in jim ni treba hiteti mimo naše hiše v gozd. Kadar je zelo vroče, priletijo k našemu ribniku in se odžejajo. To bi sosedu seveda lahko zamerila, ampak sem zelo tolerantna in mu oprostim. Saj nič ne more za to. Čebelam je pripravil lastni napajalnik. Čisto blizu panjev je postavil drog, pritrdil desko, nanjo pa postavil koritce, v katerem naj bi bila voda. Včasih koritce tudi napolni. Navadno pa ne, to je spet nekaj, kar bi lahko kalilo najin že tako problematični odnos. Pa …, saj sem že prej povedala, strpnost je ena mojih boljših lastnosti.

Najboljše pa je to, da je pred čebelnjakom postavil na star stol ogledalo kakor odprt pokrov na škatli. Nimam pojma, kaj naj bi čebele videle v ogledalu. Saj najbrž tudi ne uporabljajo te lepotilne naprave. Morda imajo pomemben razlog, jaz pa le mislim, da jih motita vrana in vran. Vrana in vran domujeta v središču moje pozornosti. Že navsezgodaj se ju sliši, kako razburjeno krakata, ko bi jaz zaslužila še malo spanca. A ptiča sta aktivna, še preden vzide sonce. Odletita na najvišji smrekov vrh, se mirno in nemirno zibata, se odpravita na sleme skednja, višje ne gre, samo da imata dober razgled v vse smeri. Kot naslednje pristaneta na štoru poleg stare jablane.

Zgodilo pa se je, da je soseda štor močno motil, saj se mu je kosilnica nedavno pokvarila prav ob njem. Nekaj ga je odstranil že s kosilnico, ostalega pa je požagal nekaj centimetrov pod travniškim nivojem in nasul zemlje. Nevarnost za kosilnico je bila odstranjena. Pravzaprav to ni niti omembe vredno, če ne bi bilo vrane in vrana. Med dopoldanskim letenjem po mojem obzorju sta opazila, da na običajnem mestu sredi travnika manjka njuno pristajališče. Nekaj časa sta plesala po sveži zemlji, se nekaj kregala in – ja – skoraj godrnjala. Potem sta začela brskati po zemlji. In brskala sta, dokler nista razkrila ljubljenega štora oziroma kar ga je še ostalo. Na njem sta lahko odslej spet uživala običajni počitek.

Prisvojila sta si tudi čebelje ogledalo. Najprej je prišla vrana in se radovedno postavila predenj. Pa glej, njej nasproti je stala vrana sovražnica. To jo je silno vznemirilo. Razprostrla je krila in vzletela s preteče dvignjenimi kremplji naravnost vanjo. Divja ptica v ogledalu je prav tako nastavila svoje nevarne kremplje in se zaletela v nasprotnico. Boj med njima je trajal precej dolgo, dokler vrana ni omagala. Vzletela je na vrh ogledala, da bi se odpočila. Upala je, da je sovražnica že odletela. Saj je morala biti prav tako izčrpana. Radovednost pa taka: od zgoraj je poškilila v zrcalo – in glej, iz njega je jezno zaškilila njena prejšnja izzivalka. Bojevali sta se še nekaj časa, dokler ni prišel vran. Pogrešal je svojo ljubljenko in jo je prišel iskat. Sedel je k njej na škatlo in takoj opazil, da se njegova ljubica bori z dvema nasprotnicama. Treba je bilo vskočiti, saj je šlo za življenje ali smrt. Sedaj sta v dvoje razpirala krila in nastavljala kremplje, se dvigala in bojevala z dvema ptičema, dokler niso vsi štirje nejevoljno odleteli, dva sta potem pristala na bližnjem štoru.

Ta spektakel se je ponavljal vse poletje. Doslej je bilo moje mnenje o inteligenci vran zelo visoko, a ga moram žal revidirati. Še pri stotem spopadu z ogledalom nista razumela, da jima ne grozi nobena nevarnost. To je res žalostno. Mislila sem, da imam pametne sostanovalce, pa žal ni tako. Ampak tako neumna pa le ne moreta biti, saj sta začela zbirati material za gnezdo in jaz kljub *rešpetlinu* nisem ničesar opazila o njunem intimnem življenju.

Mislila sem, da moj sosed o vsem tem nima pojma. Sedaj pa sumim, da se hoče vključiti v boj za obstanek. Kot kak sabljač hodi okoli čebelnjaka, obraz ima zaščiten z okroglo mrežo, ovratnik dvignjen, debelo kapo na glavi in debele rokavice, plašč, dolg do tal, in škornje na nogah. Kot kak Don Kihot se mi zdi, ki bi se rad bojeval z vranami v ogledalu. Najhuje pa je to, da ne vem, kaj bo v tej uniformi počel! Kdo je zdaj skril moj *rešpetlin*, ki bi mi razširil horizont?

Džov

Kdo mi bo kuhal,
kdo mi bo pral?
Pošljite pomoč
iz nebeških daljav!

Zavesa je padla. Dosti dolgo so me morali poslušati, me gledati, se mi smejati, me odobravati, me prenašati, me odklanjati, mi ploskati, se mi dobrikati. Sedaj je bilo vsega tega konec. Pobrala sem fige in rožiče ter odšla. Večno ne moreš biti na enem in istem mestu, čeprav se ti zdi, kot da si z njim zrasel v eno, kot drevo na vrtu, ki ostane tam do konca svojih dni.

Z mano naj ne bi bilo tako. Pravočasno sem se odločila, da spremenim. Spremenim način življenja, šege in navade, izruvam korenine in se preselim drugam. Ni bilo vprašanje, kam me je vleklo. Če sem do takrat svoje življenje delila z bolj ali manj hvaležno publiko, je bila moja želja, da odslej s svojim časom počnem, prav kakor sama hočem, prosta vsak dan. Zrasla so mi krila in v roke sem dobila novo orodje. Namesto rdečega svinčnika sem v desnici držala – simsalabim – kuhalnico. Namesto čedne obleke sem sedaj imela na sebi trenirke pa predpasnik, da bi trenirke čim dalje ostale brez pack!

In izkazalo se je, da tam, na novem prizorišču, ni bilo nobene publike. Nikogar, ki bi me poslušal, nikogar, ki bi me pograjal, pa tudi nikogar, ki bi me pohvalil. Nikogar ni bilo, ki bi mi pomagal z nasveti, pa nikogar, ki bi z menoj zaplesal.

Če že nisem bila več v službi, sem morala vsaj doma pokazati, da kaj znam. Za nekaj sem morala biti dobra. Zakaj torej ne bi na mizo pričarala kar najslastnejših jedi? Toda v mladih letih sem hodila v vrtec, v ljudsko šolo, v gimnazijo, na univerzo in še kam, le kuharske šole žal nisem spoznala od znotraj. In brez šole ni znanja, so nam rekli. Začela sem si nabavljati eno kuharsko knjigo za drugo. V njih namreč piše, kako se kuha in kaj potrebuješ za dobro kosilo.

Ena mojih boljših lastnosti je kreativnost. Če se mi je na primer v skledo usulo preveč moke, sem pač dolila malo več mleka in dodala jajce več. Tako je bila moja pogača vsakič drugačna. Včasih bolj trda, drugič bolj mehka, včasih špehasta, pa tudi razpadla mi je že. Nekaj časa mi še ostane, da vadim za veliko noč!

Med kuharskimi knjigami mi je padla v roke knjiga o vesolju. Pravzaprav o tem, kako lahko pošlješ v vesolje željo, ta pa se ti potem uresniči. Neuspešnega kuhinjskega eksperimentiranja sem bila sita. Sita sem bila kuharskih knjig. Končno sem hotela ustvarjati dobrote, predvsem pa imeti nekoga, ki bi mi pri tem pomagal. V vesolje sem poslala željo po pomoči. Zabliskinilo je, zdelo se mi je celo, da se je rahlo stresla zemlja – in ob meni je stal Džov. Vedela sem, da mu je ime Džov, ker je bil temnopolt. No, ne ravno temnopolt, saj ni bil iz kosti in kože. Ampak bil je tu. Ni imel ne nog in ne rok, ne kuhalnice in ne predpasnika, ampak bil je tu. »Džov,« sem mu rekla. »Tebe si pa nisem želela.«

»Ne dobiš tega, kar si želiš, temveč to, kar potrebuješ! Ti potrebuješ pomočnika v kuhinji – in to bom odslej jaz.« Malo čudno mi je že bilo, v trebuhu me je malo stiskalo, ampak počasi sem se navadila, da bo odslej v moji kuhinji kraljeval Džov.

»Sedaj skuhaj nekaj pametnega,« mi je dejal. »Kot na primer joto.«

»Joto? To pa moram poiskati v kuharski knjigi.«

Recept je bil razmeroma preprost, fižol bi morala namakati čez noč. A zdaj je bilo prepozno. Raje vzamem lečo. Lečo lahko kuham nenamočeno. Poleg fižola oziroma leče potrebujem še krompir, čebulo in česen ter slanino. Krompirja mi je zmanjkalo, bom pa vzela proseno kašo, te imamo v hiši vedno dovolj. Čebulo narežem, česen izpustim, da ne bo koga od mojih ljubih bolel želodec. Kar se tiče slanine, je stvar nekoliko bolj zamotana. Živali se mi smilijo, in tako doma nikoli nimamo slanine.

V lonec torej dam žlico olja, prepražim čebulo in dodam proso. Dolijem vode, posolim in pustim, da nalahno vre petindvajset minut. Vmes v drugem loncu že rahlo brbota leča skupaj z lovorovim listom. Ko je oboje skuhano, k leči dodam proseno kašo in oboje močno premešam.

Sedaj sem pa radovedna, kakšen okus ima ta jota! – No ja, malo dolgočasen! Manjkalo je še nekaj bistvenega. »Džov, pomagaj mi. Ti si hotel, da skuham joto, sedaj pa jo naredi tudi okusno.« Čudila sem se, da se ni prej vključil v moje početje. Sedaj je bilo seveda že vse zmešano, moja kreativnost je spet prišla polno do izraza. Iz te zagate me je moral rešiti. Po kratkem obotavljanju mi je svetoval: »Dodaj curry in kurkumo!« Nadnaravnemu bitju sem takoj ugodila in nisem nič ugovarjala. Leči in kaši sem primešala še obe začimbi in dala »joto« na mizo. Moja družina je bila nad postreženo poslastico nadvse navdušena. Rekli so, da sem si zaslužila prvo havbico. Vsa srečna sem se zahvalila svojemu pomočniku in zaužila novo kreacijo. Samo nikomur nisem povedala, da sem pravzaprav kuhala joto, pač po svoje, in da me je iz zadrege rešil Džov. In veselila sem se že svoje naslednje havbice z njegovo pomočjo. Upam, da bo to za veliko noč, ko bom vnovič pekla pogačo.

AlternatIva

Majhna sem postala,
v žile sem zlezla,
povsod svetlo
luč prižgala!

Iva se umije, obleče nočno srajco, zleze v posteljo in zaspi. Če! Če ne, je pa to spet čas za AlternatIvo. Alternativa z velikim I-jem je Iva v malem. V zelo malem. Zrasla je samo toliko, da lahko zleze v Ivine prste na nogah, pa še v kakšen drug del njenega telesa. V tem trenutku jo Iva pošlje v palce na nogah, v oba palca hkrati. Aa se namreč lahko pojavi na več krajih hkrati. Sedaj je torej v palcih. Najprej prižge luč, da se lahko orientira. Palca jo pozdravita in se razveselita svetlobe, ki ju sedaj napolnjuje. Aa – to je njeno ljubkovalno ime – se zadovoljno obrne proti ostalim prstom in tam naredi isto. Nato odpotuje proti petama in ju odrgne od zunaj. Malo sta bili hrapavi, sedaj pa sta spet pripravljeni za najfinejše najlonke, svetita se od zunaj in znotraj.

Od daleč sliši, kako jo vabijo kolena. Tam je že malo bolj naporno, namazati mora sklepe, da ne bodo več škripali. To ji seveda uspe brez muje. Sedaj ji bodo vaje v jogi šle lažje od nog. Tudi kolki so že potrebni servisa. Aa ima posebno metodo zanje. Vzame lonček ognjičevega olja, jih z njim balzamira, s svetlobo pa okrepi. Takoj so njeni gibi spet harmonični in Aa je zadovoljna. V ramenih opravi isto nalogo, saj se že spozna na pravo terapijo. Bolj zamotano postane, ko jo za pomoč zaprosi želodec. Ivi je nekaj obležalo v želodcu. Kaže, da je bil večerni televizijski film preveč napet, tako da ga sama ne more prebaviti. Aa seže po sivkinih kapljicah, ki pomirijo situacijo. Ko se posvéti v želodcu in v prebavilih, se Aa poslovi.

V pljučih je vse v redu. Veter piha enakomerno in zrači prostorčke v bronhijih. Prsni koš se mirno dviga in spušča. Tu se dogaja očiščevanje. Veter odnese umazanijo in jo odda zunanjim silam, vse lépo pa prihaja in se naseli v svetlih prostorčkih. Aa hitro opazi, da ima vse svoj red. Lahko se odpravi dalje.

Kličejo jo jetra. Žolč se je uprl in noče več. Bridkosti sveta so se zagozdile v žolčnem mehurju in se zbirajo v njem. Aa je preobremenjena. Verjetno bo potreben kirurški poseg za rešitev tega problema. Višje sile so višje sile. Tu je potrebno posebno prgišče svetlobe. Morda bo uspešna. Aa se zaveda, da mora opraviti še marsikaj. Pohiteti mora do ledvic, kjer je potrebna samo mala dodatna lučka. Partnerstvo med obema ledvicama je harmonično, torej prgišče luči – in dalje.

V ožilju Aa opazi holesterolne navlake. Tu je sama brez moči. Poklicati mora OfenzIvo, svojo močnejšo sestro. Oo – to je, kot že vemo, ljubkovalno ime – ima s seboj puško. Precizno jo nameri v pravo smer, razstreli skale, ki so zapirale pot, in spet odide. Aa ima za vsak primer vedno pri sebi čarobno palico, s katero se dotakne razstrelkov in jih spremeni v čisto energijo. Tako se tudi v vseh žilah posveti luč. –Živčevje je treba okrepiti z novo močjo in ga energetizirati. Za Aa to ni noben problem.

    Reprodukcijske organe lahko prezre, saj so že davno opravili svoje in smejo sedaj uživati zasluženo penzijo.

Sedaj se poda v možgane, kjer odstrani pajčevine in odpre vse svetilke v raznih predelih. Možgani so vsi srečni in lahko začnejo delati s polno paro. Ko Aa prižge luči v vseh prstih na rokah in pošlje žarke še preko komolcev do ramen, je zelo zadovoljna. Vendar še ni popolnoma srečna. Nekje še ni bila. Ni pozabila, ne, ne. Za konec si je prihranila najlepše.

Pot jo odpelje v srčno galerijo. Prostori so razporejeni v obliki mandale. V koncentričnih krogih se tu nahajajo slike vseh, ki so Ivi blizu. Aa briše prah in prižiga luči. Upodobljena bitja so s te in z one strani pajčolana. Za Aa so vsi tu navzoči enako blizu. Z nekaterimi se pogovarja, drugim samo pomežikne, spet tretjim obljubi, da se bo naslednjič pri njih ustavila za dalj časa, kakšnega poščegeta pod nosom, tako da ta zadovoljno kihne. Slik je veliko, nekaj jih danes izpusti, nekaj jih poboža posebno skrbno. Sedaj je vse čisto in razsvetljeno. Iva se počuti, kot da bi bila prenovljena in čisto brez teže. Vsa srečna in zadovoljna se zahvali deklici Aa in zaspi. V polsnu si še želi, da cenjene bralke in velecenjeni bralci niso zaspali že prej.

Moj računalnik

Moje pisalo
sladko diši,
moj računalnik
pa le …!

Zakaj prej ni pisal, zdaj pa piše? Ali so vsi računalniki zmešani ali pa jaz? Mogoče mi zna kdo odgovoriti na to vprašanje? Delati z računalnikom je posebna znanost. Sedeš pred njega in misliš, da ti je ves svet odprt, pa ti ni. Vedno moraš vnaprej vedeti, na kateri gumb boš pritisnil, da se ti bo odprla prava stran. Še vedno imam največje težave s tem čudežnim in čudovitim aparatom. Na srečo imam tri otroke, ki se spoznajo na računalnike, in eden od njih mi navadno pomaga v sili. Sicer bi bila reva in ne bi mogla ničesar narediti in ničesar napisati. Takšni angeli varuhi so včasih potrebni, in meni je usojeno, da imam enega izmed njih vedno pri sebi. Bogu in mojim ljubim angelom hvala za to pomoč!

Sedim torej pred mrmrajočim aparatom in premišljujem, kaj naj danes stisnem vanj. Ko sem bila majhna, si niti sanjati nisem upala in si ne bi mogla predstavljati, da bom nekoč pisala brez svinčnika ali brez peresa. Moje prvo pero je bilo zelo široko. Pred seboj sem imela stekleničko črnila in vanjo pomakala konico peresa. Za modro tekočino nisem imela najboljšega občutka. Dobro se spomnim, kako naporno je bilo, ko smo začeli pisati s črnilom. Učiteljica drugega razreda ljudske šole me je dostikrat okregala in opomnila, češ da naj se vendar potrudim in kako domačo nalogo napišem brez tistih stranskih in nepotrebnih pack. Bolj sem se trudila, več pack je krasilo moje zvezke in včasih celo knjige. Verjetno je prav tista moja ljudskošolska učiteljica vzrok za to, da sedaj sedim pred računalnikom. Dokazati ji hočem, da lahko pišeš tudi, če je tvoje pero preveč tekoče. Kupiti pero ni bilo lahko. V vaški trgovini smo jih le težko kdaj dobili, v mesto pa tudi nismo šli kar tako. Moja smola je bila, da sem preveč svoje energije porabila za to, da sem s peresom pritiskala na bele strani zvezka. Včasih je nastala kar luknja v papirju in se je videlo skozi na drugo stran, kjer je bila packa potem hvala bogu malo manjša.

Ko sem se prijavila k sprejemnemu izpitu za Slovensko gimnazijo, sem od tete Andrecs dobila čisto novo pisalo, ki smo ga otroci takrat imenovali kuli. Vem, da je kuli nekaj čisto drugega kot pero, a moj kuli se mi je posebno prikupil, verjetno zato, ker ni packal. Bil je svetlo zelene barve, prav take kot jajčka na velikonočnih voščilnicah. In njegov vonj mi je še danes v spominu. Vsako črnilo ima svoj duh, moj kuli pa je dišal po učenosti. Spravila sem ga torej v svojo torbico in odšla v Celovec, da opravim sprejemni izpit. Takrat je bila to še zelo pomembna stvar za vsakega učenca, ki se je odločil, da bo naslednja leta prebil v mestu v gimnazijski klopi. Dovolili so mi tudi, da stanujem v Mohorjevem domu. Doma sem imela malega brata, ki me je zelo zabaval in sem ga imela zelo rada, pri učenju pa me je bolj oviral, kot pa podpiral. Zato sem se zelo veselila, da bom v domu imela prijateljice v moji starosti. Že pri sprejemnem izpitu smo se spoznale, potem pa je trajalo samo še nekaj tednov, da sem jih vse po vrsti spet srečala v prostorih Mohorjevega doma. In moj svetlo zeleni kuli me je vedno spremljal.

Skozi moje roke je medtem šlo že premnogo pisal, svinčnikov, nalivnih peres, barvnih pisal in seveda tudi kulijev.

Najbolje pa mi je zapisan v spomin eden, ki je bil zame posebno pomemben. Bil je srebrn in je imel vgravirano MATURANTJE 82. Ko mi ga je predal zastopnik mojega razreda, Miha, je prijazno dejal: »Ker vemo, da rože le prehitro ovenejo, vam podarimo v zahvalo in spomin še nekaj!« In to je bil ta moj posebni kuli.

Nekako so mi navadna pisala bolj pri srcu kot računalnik brez duše, na katerega sedaj tipkam to besedilo. Občudujem pa celo vrsto njegovih dobrih lastnosti. Predvsem tisto, da ne pušča črnila ter da ne praska po papirju kot moje prvo in drugo in tudi še tretje nalivno pero. Če napišem kaj napačnega, mi to zbriše, ne da bi me okregal, češ-kakšna učenka oziroma učiteljica pa si, da še tega ne veš in ti je ono tuje. Moti pa me, da računalnik po ničemer ne diši, ne, nasprotno, in da nima nobenih besed, vgraviranih v zahvalo in spomin.

Tragedija ob ribniku

*V ribniku
je polno življenja,
veselja, pa tudi trpljenja!*

Če se ti nekaj zdi čudno, pogledaš tja in poskusiš bolje videti, bolje razumeti. Včasih so to samo majhne stvari, včasih se ti odkrije vse vesolje. Vprašaš se, kaj je majhno in kaj je veliko kot sam kozmos. Ali ni v vsaki najmanjši travni bilki skrita skrivnost vesoljnega življenja? Ali se ne naučiš v kapucinkinem semencu vsega, kar potrebuješ zase vsak dan? Obrneš se proti soncu in začneš premišljati. Od kod ima rastlinica modrost, da vzklije vigredi, jeseni pa ovene in počiva do naslednjega pomladanskega dneva? Kako ve, koliko vode potrebuje in koliko mineralnih snovi, da more rasti in se množiti, da ima poleg sebe v najkrajšem času polno kopico bratov in sestric? Od kod to, da sestavlja atome v molekule in vse skupaj smotrno poveže? V milijonih letih si je pridobila znanje, ki ga ponuja vsakomur, ki jo prosi za razlago.

In tako se zgodi, da nekega lepega sončnega popoldne na zelenem travniku zagledaš nekaj rdečega, premikajočega se, kot da bi za mezinec debela črna vrv pred sabo potiskala balon, velik kot otroška pest. Kaj bi to moglo biti? Mogoče je sosedov pes Lion privlekel žogico k našemu ribniku. V tem naravnem redu travnika razmeroma velik rdeč predmet nima mesta. Predvsem če leze v smeri proti gozdu. Kaj se torej dogaja?

Nekaj časa nazaj je mimo naše hiše peljal velik bager. Ob gozdu je izkopal globoko jamo, v katero bi lahko legel slon.

Ker v naših krajih slonov ni naokrog, smo sklenili, da praznino napolnimo z vodo in jo poskusimo natrpati z življenjem. Najprej so se naselili vodni pajki, nato drobne rastlinice, vigredi pa je bilo v ribniku polno žab. Ni nam bilo čisto po volji, a sistem je sistem in narava je narava. In žabe v ribniku pomenijo paglavce, ne samo tri ali štiri – tisoče, se nam je zdelo. Da bi bilo v tej mlakuži malo bolj pisano, smo si od sosedov izprosili nekaj zlatih ribic, ki so se krasno ujemale z vsem ostalim. A tudi ribice imajo svoje seksualno življenje, in tako jih je bilo v najkrajšem času za poln biotop. Prav prijetno je bilo opazovati, kako so švigale naokoli, se zasledovale in uživale vsak dan.

No, in tako se je zgodilo, da je nekega dne ena teh ribic odšla na sprehod. Ni bila zadovoljna s tem, kar ji je nudil običajni dnevni jedilnik, vendar je šla predaleč. Ali pa smo se motili mi. Kdaj namreč si že videl ribico, ki se sprehaja na vrvi in z repom navzgor? Morda je videla, kako so mlade žabice, ki so se razvile iz paglavcev, zapustile svojo otroško sobo! Vsekakor je bila sredi trave. A kako se je znala postaviti na glavo, rep pa naviš? To je bilo res nekaj neverjetnega: glava je tičala v belouškinih ustih. Kača se je prerivala skozi travo in hkrati poskušala pogoltniti zanjo preogromen grižljaj. Nekaj jo je moralo prestrašiti, saj jo je ucvrla nazaj proti ribniku, in držeč svoj plen naravnost proti nebu je preplavala mlakužo, kot da je to njeno vsakdanje opravilo. Riba je še migala z repom sem in tja, a zaman. Ni se ji uspelo rešiti iz kačjega gobca. Plazilka je potuhnjeno zlezla na nasprotni breg in se v zavetju trsja z vso silo trudila pogoltniti še rep uboge rdeče lepotice. Nazadnje je bilo videti samo še zunanjo obliko ribe v kačinem telesu, ki je spominjala na boo s slonom v trebuhu, kot jo je narisal pilot Malemu princu.

Življenje je kruto. Nikoli ne veš, kdaj zamahne usoda, kot v tem primeru v obliki kače. Ni mi znano, ali je bila ribica pripravljena, da odigra glavno vlogo v tragediji, ki je končala njeno sicer prav malo razburljivo življenje. Sprašujem se tudi, katero neodkrito modrost naj bi mi razkril ta dogodek. Ob vseh harmoničnih zvokih življenja okoli ribnika je ta disharmonija prestregla mlado ribje igranje v biotopu. Meni pa je bilo spet enkrat jasno, da za vse ne najdeš razlage, kakor jo pričakuješ. Včasih pač zmaga stara, a še vedno nova nepričakovana dinamika, da so tu pa tam tudi kače lačne in da se morajo nasititi, in ne vprašajo, ali nam to ugaja ali ne.

Rajčica

Vila mojega lepega kraja –
včasih me preseneča,
včasih mi ponagaja!

Rajčica je lepa beseda. Spominja na prostor, kjer bi rad bil vsak izmed nas, kamor pa še ne smemo, ker smo prečloveški. Saj vem, da ima ta beseda v hrvaščini čisto banalen pomen, je pač rastlina, ki je povezana z rajem, ki pa jo pozna vsak, čeprav ni specializiran za paradiž in paradižnike. Beseda mi je kljub temu nadvse všeč.

Tako je bilo, da me je nekega lepega dne prijela tista posebna mistična faza. Prav držala me je in me ni hotela izpustiti v normalni vsakdan. Odločila sem se, da stopim v stik z lepoto svojega kraja. Sonce je tako prijetno sijalo, grelo je travo, pelargonije in moje (še ne tako) stare kosti. V hvaležnosti do stvarstva, stvarnika in sploh sem se hotela povezati z vilo zaščitnico te naše lepote. Moj kraj je kot raj, zato mora biti vili ime Rajčica, sem bila prepričana.

Ljuba Rajčica, posvečam ti tale košček sveta, ki ga čuvaš in za katerega lepoto si odgovorna. In daj mi vedeti, ali si slišala moje besede. Čakam na znak, ki mi ga boš poslala.

Visela sem v mreži, kot vedno, kadar me je prijela tista sanjava faza, štela sem oblake in jih delila v jagnjeta in volkove. Pa zaslišim tik ob sebi neobičajne šume. Pred verando se bohoti španski bezeg, katerega cvetovi so se ravno začeli poslavljati od svoje najlepše temno vijoličaste barve in so postajali malo sivkasti. Joj, vsake lepote je enkrat konec, sem si mislila, ko sem na najvišji in najtanjši vejici grma zagledala liščka. Kdor ne pozna liščka, naj gre na medmrežje in si poišče podatke o njem. Rumenega kljuna, črnih naočnikov, ki so uokvirjeni z najživahnejšo rdečo, paradižniku podobno barvo, pa rumenega trebuščka in črnega repa se kratko malo ne da opisati. Taka lepota! Ali mi je vila poslala znak, ker je slišala mojo prošnjo? Nisem bila prepričana, a zamisel je bila zapeljiva. Med mano in vilo bi bil samo pajčolan, treba bi bilo imeti samo malo močnejša očala. Sedaj pa ta rajsko lepa ptička tu pred mano! No, to ne more biti naključje. Ampak ena lastovka še ne prinese pomladi, in en lišček še ne dokazuje, da se tu po mojem travniku res sprehaja skrivnostno metafizično bitje.

Šla sem kuhat, z možem sva jedla in uživala … Ko sva pila kavo, pa spet neki neznan zvok. Z vseh strani neko praskanje in čivkanje hkrati in razburjenje, kot da gre za »biti ali ne biti«. Popolnoma tiho, skoraj neslišno se približam verandi in zagledam čisto majcene siničke, ki so plaho cepetaje čepele na okenski polici in očitno čakale na tisto zadnjo merico poguma, da bi odjadrale v svet. Oba z možem sva jih opazovala, ne da bi dihala, kaj šele, da bi si upala kihniti ali zakašljati. Kmalu pa se je prva ptička opogumila, razprla krila in odletela. Sledile so ji ena za drugo. Nazadnje je bila tam samo še ena, očitno najbolj plašna od vseh. Najprej je nisva niti opazila, a ko sva mislila, da je zrak čist in se spet lahko normalno obnašava, sva se obrnila v njeno smer, ona pa v smer proti nama. Pa ni odletela, temveč je v smrtnem strahu samo s krempeljčki praskala po steni in se tako – z glavo navzgor in repom navzdol – pomikala naprej. Uboga ptička, čisto panična je bila. Nazadnje je obvisela na robu velike lesene mize, kamor je bila prispela tako, da še sama ni vedela, kako. Njeni krempeljčki so se mi zdeli že čisto beli in spomnila sem se tiste ominozne situacije, ko sem pri prvih poizkusih samostojnega plavanja pogumno pricepetala do neke skale v morju. Tam sem se oprijela rešilnega pristana, ki pa se je izkazal za varljivega. Oklepala sem se ga tako močno, da so moji prsti postali čisto snežno beli in skoraj že prozorni, nisem in nisem si pa več upala, da bi se spustila v vodo. Prav izjemen viseči položaj. Prišli so mi pomagat, in zato danes ne visim več tam v dalmatinskih vodah, ampak pišem to zgodbico o ptički sinički, ki se je usedla gor na drobno vejico, ki je zapela prav vesela cicicicido. Ta ptička pred mano pa se je tresla in slišati ni bilo nobenega cicidoja. Nočem jemati ptičev ali drugih drobnih živali v svoje roke, zame so preveč koščene. Perje je samo kamuflaža, pod perjem so same kosti. A treba se je bilo odločiti za aktivno pomoč. Saj ne bi mogla pustiti ubožice, da bi prezimila na robu mize. Stopila sem proti njej, moj korak pa ji je dal toliko adrenalina, da je pozabila na ves strah in odjadrala v lep sončen popoldan.

Ta prizor bi lahko bil drugi pozdrav moje nove nadnaravne prijateljice. Pa tudi dve neobičajnosti še nista noben dokaz. Potrebna bi bila še tretja.

Naslednje dni je deževalo. Že nekaj časa se je po našem travniku sprehajal golob. Očitno je bil bolan. Perje, ki se navadno sveti, je viselo na njem in se lepilo. Iskal je hrano in ni bil posebno uspešen, to se mu je poznalo. Ko sva ga z možem opazovala že drugi dan, se nama je zasmilil in sklenila sva, da ga rešiva. Jaz sem imela seveda še skrito misel o tretjem znaku ljube Rajčice. O tem možu nisem ničesar povedala, saj on ne verjame v te *bajže*, kot bi te sanjarije imenovala moja stara mama. Šla sem v shrambo in poiskala, kaj bi bilo uporabno kot golobja hrana. Pri nas je pogosto na mizi prosena kaša, zato je imamo tudi vedno dovolj pri hiši. Vzela sem torej peščico prosa in ga dala možu, ki je trosil zrno za zrnom in tako pripeljal ubogega lačneža na verando. Tam sva mu pripravila košarico, kamor sva natrosila prosa še pa še. Golob se je najedel, se pokakal – s to ptičjo lastnostjo seveda nisva računala – in zaspal.

Naslednje jutro sva oba čisto ogorčena opazila, da je bil najin obisk na verandi zelo produktiven. Golob je pustil kakec pri kakcu in bil presrečen, da je dobil nov dom. Da je bil vajen strehe nad glavo, sva bila sedaj prepričana, saj je imel na nogicah dva prstana. Najino včerajšnje navdušenje je pojenjalo in postalo naju je strah, kako bova kos nesnagi na lesenih deskah. Nemarnega gosta se bova morala znebiti, to nama je bilo jasno. Ker ploskanje in strašenje ni nič zaleglo, sva se odločila, da pokličeva živinozdravnika. Izvedela sva, da golobi ob slabem vremenu dostikrat izgubijo orientacijo, ko se zjasni, pa se spet odpravijo domov. Torej sva čakala sonca – in nama na ljubo se je tudi kmalu prikazalo. Golob je odletel, midva pa sva bila presrečna. Spet se bo dalo ležati na verandi, le očistiti jo bo treba. Moj mož je zelo redoljuben človek in je takoj vedel, kaj mora storiti. Z visokotlačnim čistilnikom je obdelal desko za desko in po dveh urah dokončal svoje delo, veranda pa se je svetila kot luna. Medtem je bil namreč že pozen večer. Ves prepoten je ponosno segel po svoji obvezni steklenici piva in užival zmago.

A njegov račun ni pomislil na krčmarja. Naslednje jutro, bilo je lepo prijetno in sončno, prav pravo vreme za zajtrk na verandi, zagledava najinega zvestega ptiča pred vrati. Očitno je bilo naše proso tako dobro, da se naju je spet spomnil in je odslej pričakoval polni penzion. Sedaj sva bila pa sita vseh ptičev. Moj mož je zagrabil tega na verandi v roke in ga vrgel v zrak. Golob pa se je po kratkem lupingu vrnil. Potem sva oba ploskala in kričala proti njemu, a je bil očitno gluh na obe ušesi. Niti premaknil se ni, samo vesel je bil, da naju je spet videl. Bila sva obupana in nisva si znala več pomagati. A včasih ima človek kako rešilno misel. Tako sva se spomnila sinove psičke Laki. Njena najbolj cenjena lastnost je ta, da preganja vse ptiče, kadar jo imava nekaj časa tu v našem lepem kraju. To ni vedno zaželeno, ampak tokrat je sila lomila kola. Telefonirala sva torej sinu in ga poprosila, naj nama za nekaj časa posodi Laki. Po dolgem pregovarjanju sem in tja je sin sedel v avto in se s psičko pripeljal k nama. Laki ima navado, da skoči iz avtomobila in takoj priteče na verando. Toda tokrat ni pritekla, ne, to je bil pravi šprint, tako hitro je bila pri naju, zagledala je ptiča, zalajala in skočila hkrati, golob pa se je v visokem loku urno povzpel iz zadrege. Odletel je prek dreves in hribov – in na svidenje. Čisto res, nikoli več ga ni bilo nazaj.

Jaz pa se čisto tiho sama pri sebi sprašujem, ali mi je vila tega lepega kraja morda zamerila, da sem jo imenovala po paradižniku!

Zlato vretence

Sem padla v vodnjak,
pa sem našla srečo,
o, da bi jo vsak!

Živela je deklica s svetlimi lasmi. Njena mačeha je bila noč in dan nezadovoljna z njo. Nikoli ni bila dovolj skrbna, čevljev ni znala očistiti po njeni želji, nikoli ni bilo dovolj lepo pospravljeno. Mačeha je našla sto in sto stvari, ki jih je znala njena prava hčerka urediti tako, da jo je lahko pohvalila. Deklica s svetlimi lasmi je sicer vedela, da so bili čevlji enako dobro očiščeni, saj je sestrici skrivaj pomagala pri vseh opravilih. Pometala je zanjo, pospravljala njeno sobo in še ostale sobe, pomivala posodo, prala, likala, a mačehi ni bilo prav, kar je naredila ona.

Nekoč je morala presti trdo volno. Pri tem napornem delu si je odrgnila prste do krvi. Da se ne bi zamerila mačehi, je morala očistiti vretence v vodnjaku. Sklonila se je in – čof – vretence je padlo vanj. Deklica se je zbala, da jo bo mačeha spet grajala, in je skočila za njim.

Ko se je zavedla, je stal pred njo velik angel. Najprej se ga je ustrašila, a jo je takoj pomiril: »Ne boj se, pomagal ti bom!« Deklica je bila vajena presenečenj in je vedela, da ji je ta svet naklonjen. Prosila je angela, naj jo spremlja. Prijel jo je za roko in stopala sta po mehki travi, poslušala ptičje petje, potoček je žuborel in vse je bilo kot v raju. Deklica se kar ni mogla načuditi. »Tako lepo je tukaj!« je dejala in od veselja plosknila z rokami. Neba ni zastiral noben oblaček. Sonce je prijetno sijalo v višini popoldanskega časa. Njeni koraki so bili lahkotni, včasih se ji je zazdelo, da jo veter dviga s tal in ji jemlje vso težo njenega telesa.

Pred sabo je zagledala palačo iz prozornih kamnov, ki so se bleščali v mavrični luči. To je bil njen svet. Tu se je počutila doma. Vedela je, da jo v poslopju čaka nekaj osrečujočega. Zdelo se ji je, kot da hodi že nekaj ur, a sonce je sijalo vedno v isti višini in ni hotelo naznaniti večera. Nekaj ji je branilo vstop v palačo. Vse njeno hrepenenje se je osredotočilo na tiste mavrične barve, vendar se ji je zdelo, da ob vhodu čaka zmaj, da bi jo požrl. »Kaj sem se naučila, ko sem živela na onem svetu?« se je vprašala. »Ali naj se ga bojim?« Angel ji je nežno stisnil roko in ji dajal poguma. »Če se bojiš, ima zmaj moč nad teboj in ti lahko škoduje. Potem si izgubljena!« Ne, ne, sedaj mora biti pogumna. Zmaj se ji je zasmilil in ni ga hotela razočarati. Šla je k njemu: »Strašen in zelo nevaren zmaj si. Vsak se te boji. A glej, tvoja zelena barva se ponavlja v mavričnih barvah te palače. Lep si! Ne bodi žalosten, če se te ne bojim. Zmaj! Zmajček!« Nevarni zmaj se je ob teh besedah spremenil v prav pohlevnega zmajčka in se nazadnje popolnoma prelil v zeleno barvo mavričnih kamnov. Ni ga bilo več mogoče videti.

Vstopila je. Njen spremljevalec je ves čas opazoval njene misli. Ni ji bilo treba spregovoriti. Vedel je, da ga deklica ne potrebuje več. Kakšna krasota jo je sedaj sprejela! »Kdo je gospodar tega domovanja?« se je spraševala. Sredi dvorane so se dvigale stopnice in nosila sta jih dva močna stebra. Deklica ni vedela, ali sta iz prozornega kamna ali pa se svetlikajoča se tekočina preliva kakor bleščeča kača zapeljivka od tal do kupole in spet nazaj dol.

Obstala je. Premišljevala je, kaj neki jo je privedlo sem v ta grad. Že se je hotela obrniti in oditi, ko je zaslišala šum, kot da bi zapihal lahen veter. Pogledala je naokoli, ali je kdo kje odprl okno, pa ni bilo tako. Samo rahla sapica je božala njeno čelo in vse okoli nje je bilo čisto mirno. Nenadoma je videla, kako se ji bliža lepa svetlobna gospa. Njena luč se je širila na vse strani, kot da zanjo ne bi bilo zaprek. Brezmejna luč, toplota in prijetno počutje, navdajalo jo je vse to hkrati. Čutila je, da je sama obdana s to lučjo, da, celo da prihaja prav iz njenega srca, tako blizu ji je bila. Takrat se ji je zazdelo, kot da jo objemajo vsa osončja, kot da plešejo zvezde in je ona med njimi, kot da se je razpršila v tisoče lučk in se zopet strnila v eno. Z vsakim dihom se je razširila v vesolje, nato pa se je strnila v eno samo žarečo iskro.

Kakor da bi jo odela Vélika Mati v svojo blagodejno ljubezen, je začutila, da je tudi ona majhna ljubezen, vpeta v veliko. Spomnila se je mačehe in sestrice. Gospa ji je svetovala, naj jima pošlje svetlobni venček z biseri luči in ljubezni.

Zbudila se je ob vodnjaku. V roki je držala vretence, čisto zlato in žareče od nove svetlobe. Nad deklico sta se sklanjali mačeha in sestrica, obe v skrbeh, kaj je z njo.

»Nič, prav nič mi ni. Samo srečna sem, da vaju imam in da sem spet z vama!« Nista odgovorili. Prijeli sta jo za roke in odslej so živele v miru in zadovoljstvu. In če še niso umrle, se imajo proti vsakemu staremu pričakovanju še danes rade.

Hmelj in ječmen

Pivo, pivo zlato,
olepšaj nam ta čas,
ko žoga prečka trato!

Včasih bi rada naredila nekaj, kar je čisto neobičajno. Nadela bi si masko iz debele šminke, oblekla bi nekaj popolnoma ekstravagantnega, obleko, ki si je ne bi upala nositi nobena druga ženska, pisano in nabrano, čipkasto in pikčasto. Obula bi si čevlje, ki so popolnoma drugačni, zlepljeni iz samih svežih rožic. Moj klobuk bi bil tako velik, da bi nadomeščal dežnik, kakor klobuki tistih dam na konjeniških dirkah v angleškem Prescottu. In če bi kdo iskal zaščito, bi se lahko postavil spodaj in mi delal družbo. In kam bi me zanesla pot? Gotovo nekam, kjer bi me takoj vsakdo opazil – na primer na nogometno igrišče.

Ne, pravzaprav to nisem jaz in nikakor me ne mika, da bi me kdo opazil. Raje bi se skrila v polževo hišico, vzela v roke knjigo in brala dneve in noči. ... Ampak kmalu bi me zagrabil dolgčas, in ker bi imela knjigo v najkrajšem času prebrano, bi zlezla iz brloga in iztegnila tipalke, kakor daleč bi mogla in znala. Da ne bi česa zamudila. Na primer debate, kaj ženska sme in česa ne. Ali sme vzbujati pozornost? Jo kot magnet povleči nase? Ure dolgo govoriti o boleznih in terapijah, o zobeh in zobozdravnikih, o frizerjih in frizurah? To me vse dolgočasi, tega ne potrebujem. Kako izmojstriti življenje? Premostiti ovire? Postati boljši človek? Spremeniti svet? Kdo bi se že pogovarjal z mano o takih abstraktnih stvareh? Življenje mojstrimo tako ali tako, ali bolje rečeno – življenje mojstri nas, pa naj se prilagajamo, kolikor hočemo. Vedno ima na zalogi nekaj, s čimer nas preseneti.

Moja hčerka me je zvabila iz osamljenosti. Pregovorila je še mojega moža, in tako smo se vsi trije podali v smeri proti celovškemu nogometnemu stadionu. Naj na hitro obrazložim, kako je s tem igriščem. Če se voziš po avtocesti nad Vrbskim jezerom v smeri proti deželnemu glavnemu mestu, ti že od daleč pade v oči ogromen, neznan, bleščeč leteči predmet, ki je pristal v Otočah. Tja ga je zmanevriral bivši, že rajni deželni *poglavar*, ki je bil prepričan, da Celovec nujno potrebuje takšen kolos. Denarja je imel na pretek, svojemu moštvu je kupil licenco in zgradil NLP za dvaintrideset tisoč gledalcev. Sedaj sameva, le včasih v njem poteka kakšna tekma.

Bila je tista med nekim avstrijskim in madžarskim moštvom. Dobili smo vstopnice v prvi vrsti prav ob našem golu. Ko smo se vozili v smeri proti Otočam, je bilo kmalu jasno, da ne bomo edini in da je zanimanje za to tekmo zelo veliko. Celo uro smo iskali parkirni prostor. Končno smo ga le našli in med avtomobili in kričečimi navijači zadovoljni odpešačili proti vratom. Prerivanja smo se kmalu navadili, da, celo pridružili smo se ostalim navdušencem v njihovem brezobzirnem obnašanju. To je očitno nalezljivo. Z odločnimi in močnimi komolci se pač le najhitreje najdlje pride.

In tako smo prispeli do točilnega pulta. Treba je bilo pokazati, da spadamo zraven, da smo športni profiji. Vsi trije smo se oborožili vsak s svojim pollitrskim plastičnim kozarcem piva. Potem pa smo se od čisto zadaj odpravili navzdol, v smeri proti prvi vrsti. Da bi to lahko bilo težko, nam prej še na misel ni prišlo. Očitno smo bili eni zadnjih, tako da se je prerivanje nadaljevalo navzdol po stopnicah. Vsevprek so stali po znoju in pivu dišeči mladi moški in kričali: Aló-alóaló-alóoo. Niti malo se niso zmenili za nas tri uboge reveže.

Naši komolci so bili že čisto obrabljeni, ko smo končno prispeli do prve vrste. Olajšani smo hoteli sesti in uživati v tekmi. A z vseh strani so nas začeli črno gledati in zmajevati z glavami. Dve ženski in en sumljiv starejši moški kot varuh, to jim ni bilo prav nič pogodu. In ti naj bi sedeli v prvi vrsti? Pred njimi? Kričanje in navijanje okoli nas je postajalo grozljivo. Vsi so stali levo in desno in v ritmu ploskali z rokami, podobno kot pri en-dva-esaka, en-dva-esaka, samo da v nemščini. S tresočimi rokami sem držala svoje dragoceno pivo in upala, da bo kmalu prišel čas užitka. A temu ni bilo tako! Navijači so se začeli spakovati, češ da je tu spredaj za nas prenevarno, da se nikoli ne ve, kaj vse bi se nam lahko pripetilo. Govorili so v čudnem jeziku, v neki polomljeni nemščini, in uporabljali besede, ki jih tukaj ne morem ponoviti, ker mi niso tako dobro znane.

Kaj pa sedaj? Vsa obupana sem vprašala enega izmed njih, kaj naj naredimo, saj imamo vstopnice za prvo vrsto. Pa se je nesramno zasmejal in rekel, da naj izginemo od tod. Še vedno smo držali vsak svoje pivo v plastičnem kozarcu, se spogledali in jo brez besed odkurili. Samo to je bilo lažje rečeno kot storjeno. Huligani so namreč sedaj vsi sedeli in imeli noge na sprednji ograji, mi trije pa smo se ponižno sklanjali in kot pod baldahinom iz mišičastih nog in debelih zadnjic marširali pod njihovimi koleni med klopmi do naslednjega koridorja. To je bilo sicer smešno, a niti malo zabavno. Skoraj bi se sami sebi zasmilili v srce, če ne bi bila vsa zadeva tako blazno komična. Dva stara profesorja – to sva moj mož in jaz – in mlada punca, študentka, na begu! Nekako nam je uspelo, da smo se rešili iz te zagate. Našli smo ugodne prostore v eni od zadnjih vrst, pri madžarskih navijačih. Teh seveda ni bilo veliko, torej prostora dovolj, in sedaj – tekma je bila že zelo napeta – smo se lahko mirno usedli in napravili prvi požirek. Mmm, kakšen užitek! Končno spet vse v redu. Žoga je hektično plesala in se kotalila sem in tja, za njo pa naši in madžarski nogometaši, mi trije pa smo se držali svojih plastičnih kozarcev, bili strašno žejni, hitro izpili in naročili drugo rundo piva. Povsem dvomljive dobre volje smo seveda tudi sledili dogajanju na igrišču. Ne vem več, kdo je vodil, gol sem zamudila, preveč me je omamil hmelj.

Ko smo popili vsak svoje drugo ali tretje pivo, smo sklenili, da se nočemo več prerivati kot pred začetkom tekme. Vstali smo, se notranje poslovili od tekmecev in jo odkurili proti izhodu, pet minut pred koncem. Bili smo že na prostem, ko je nenadoma zrak pretresla nevihta navdušenih glasov, goool! Tako torej, zamudili smo najvažnejši trenutek! Smola pa taka! Ne bomo vedeli, ali je bila tekma sedaj izenačena ali pa je to bil gol za nasprotnike. (Profiji bi mi seveda takoj razložili, da tako kričanje zmorejo samo naši. A nogomet ni moj šport, na tekmo sem šla bolj zaradi piva.)

Zdaj se pa res ni bilo treba prerivati do našega avtomobila. Ko sedemo vanj, z možem pod brisalcem zagledava pisemce. Parkirišče je bilo privatno – torej kazen! Sedaj smo bili pa že pošteno slabe volje. Na poti do avtoceste domov se pred nami nekaj sumljivo sveti – policija! Ježešmarija, kako sem žebrala, da bi nas ne ustavili. Saj piva smo imeli kar precej v sebi. Puh, mirno in brez zapreke – niso nas ustavili – smo zapeljali mimo ter srečno in varno prispeli domov.

Nekaj dni pozneje smo izvedeli, da na takih mednarodnih tekmah strežejo le pivo brez alkohola. Pili smo samo hmelj in ječmen in vodo in nič drugega. Malo nam je že bilo nerodno, a o tem smo raje molčali. Ne bi se hoteli blamirati, ko pa smo se počutili tako profesionalno nogometno s tisto zlato pijačo v rokah.

Jaz sem se potem za nekaj dni skrila v svojo polževo hišico in si lizala rane, moja samozavest je potrebovala rekreacijo. In do takrat, ko bom spet plesala kje na kakšni mizi ali na kakšni nogometni tekmi, bo verjetno preteklo še nekaj časa. Klobuka, velikega kot dežnik, si tudi ne bom tako kmalu kupila. Ostanem pa že raje nevidna in neslišna. In zadovoljna!

Fran Korojan

Pesnik piše svoje speve –
zanje žanje bogate odmeve!

To je bilo takrat, ko je vožnja z avtobusom iz Šentjakoba v Rožu do Celovca trajala še celo večnost, ko so bili želodci šolarjev prazni in lačni, ceste ovinkaste, polne lukenj in razburjenja, žepi staršev pa vse drugo kot polni. To je bil čas, ko so se dekleta in fantje odpravljali v Celovec, da bi se česa naučili, da bi pozneje postali duhovniki ali učitelji, učiteljice ali nune. Véliki načrti, vélike sanje. Vse te sanje so se srečale v dijaškem domu Mohorjeve družbe. Me deklice smo stanovale v drugem nadstropju z razgledom na Vetrinjsko obmestje, na tistih nekaj avtomobilov in pešcev tam spodaj. »Stran od okna!« smo slišale ukaz sestre vzgojiteljice. Torej smo se pridno usedle, se učile, delale domače naloge, brale predpisana besedila. Ali pa smo se samo pretvarjale, da delamo tako.

Tu pa tam je kak listič odpotoval pod klopmi sem in tja. Takrat še ni bilo tistih novodobnih telefonov za esemesanje. Pa prispe najnovejše sporočilo na obtrganem lističu: »Si slišala, da je izšlo *Mladje*, za nas mlade! Pa nobenih nam znanih imen ni notri. Boro Kostanek, Darle Niko, Miško Maček in Fran Korojan.« Listki so se vneto premikali od ene do druge. Sestra vzgojiteljica ni smela vedeti za naše navdušeno sanjarjenje. Fantje naj bi bili za nas dekleta v predpasnikih tabu. Nam to seveda ni prav nič pomagalo. Na to uho smo bile čisto gluhe. Preveč smo bile radovedne.

Starejše gimnazijke so nam razložile, da so ta čudna imena psevdonimi, ne prava imena, in da se za njimi skrivajo naši tajni idoli Florjan Lipuš, Erich Prunč in Karl Smolle.

A kdo naj bi bil ta Fran Korojan? Fran? Saj smo pri slovenskem pouku že brali humoristične zgodbe Frana Milčinskega, o Butalcih pa o Tolovaju Mataju. A ta Fran to ni mogel biti. Saj mu je že davno odklenkalo. Potem smo poznali še Frana Levstika, ki nam je zapustil prvo slovensko povest *Martin Krpan*. Toda tudi on je bil pod zemljo, že pred Milčinskim. Naš neznani Fran Korojan pa je moral ta dva poznati. Gotovo je bil zelo pameten, če si je enega izmed njiju izbral za patrona.

Zadnji listek: »To je Selan, lep fant s planin s svetlimi kodrastimi lasmi. Geslo: Plešivec. Nujno ga moramo spoznati!«

Kamera se premakne v drugo desetletje. Nismo več gulili šolskih klopi Slovenske gimnazije. Jaz pa sem ostala zvesta tej instituciji in sem sedaj gulila stol na učiteljevi strani katedra. V tistem času je izšla literarna antologija *Slovenska beseda na Koroškem*, neke vrste sveto pismo za vse, ki se ukvarjajo s koroško slovensko literaturo. Zopet so se pred mojim notranjim očesom pojavili vsi pesniki, ki so že v šolskem času kot magnet privlačili naše zanimanje, med njimi tudi prej omenjeni Fran Korojan, le da je bilo tu zapisano njegovo pravo ime, Gustav Januš. Kot učiteljica slovenščine sem z vnemo brskala po raznih zapisih, revijah in knjigah, da bi našla kako zanimivo besedilo, na podlagi katerega bi se dal napisati spis. Pa sem ga našla v pesmi *Brez kategorij*. Za maturo! Takrat smo smeli učitelji sami izbirati besedila za interpretiranje, dodajanje lastnih komentarjev in filozofiranje. Kako lepi časi so to bili! Nobene uniformiranosti, nobenega ozkega predpisa o naslovih tém za maturo. Pesniki in pisatelji, ki smo jih pri pouku z veseljem in navdušenjem brali, saj smo jih nekaj izbrali po svojih preferencah, so nam bili izhodišče za nadaljnjo kreativno prostost. In tako so moji dijaki pisali socialno témo o turistih A-kategorije s slastnimi meniji v želodcih in o turistih B-kategorije in njihovih želodcih, napolnjenih s sendviči in pivom iz samopostrežne trgovine. In o soncu, ki je ljubeznivo grelo vse trebuhe ne glede na kategorijo. In avtor te pesmi? Glej naslov!

Zmaj v računalniku

V računalniku domuje pošast,
jeziti učence ji gre v slast!

Hoditi v šolo, to je huda zadeva. Vsak dan moraš vstati, ko bi rad še spal, se umiti, ko bi bil rad umazan, si počesati lase, ko bi bil rad razkuštran, si obuti in zavezati čevlje, ko bi rad po ulici skakal bos ali pa vsaj prosto z v vetru plešočimi vezalkami. Potem pa tile učitelji, sitni, dolgočasni in skrajno neznosni! Vse hočejo vedeti. Meni pa se ne da in ne da.

»Katere vrste dinozavrov poznaš?« »Mm, no, noja, poznam zmaja Direndaja, tistega, ki straši po ljubljanskih ulicah, potem še tistega zmajčka, ki se je namakal v Aninem kakavu. Mmm, no, no ja, potem sem že slišal za zmaja, ki ponoči z repom pometa celovške ulice, imena mu ne vem. In še enega, tistega, ki ga je premagal neki Zmago. Menda se je okopal v njegovi krvi in tako postal neranljiv po vsem telesu. Če ne bi bilo tistega lipovega lista. Ampak to je spet druga zgodba. Takrat je bil zmaj namreč že mrtev.«

»To so zmaji iz raznih pravljic in pripovedk. Kaj pa dinozavri? Ali mi o njih ne znaš nič povedati?« »…« »Kaj pa delaš ves dan? Ali se nič ne učiš?« … Rad gledam televizijo, ampak tega mu ne bom povedal. Še raje sedim pri računalniku in se igram. Tega mu pa še sploh ne smem povedati. Ko pa so noči ob računalniških igrah tako kratke. Učitelju ne povem nič. Tudi tega ne, kar se mi je pripetilo prejšnjo noč.

Vklopim računalnik, kot vedno. Izberem igro, kot vedno. Čakam, kot vedno. Takrat pa se mi iz računalnika zareži najstrašnejši zmaj. Ogromen zmaj. Ves je zelen, strupeno zelen. In dve glavi ima, eno spredaj in eno zadaj. In oči ima, oči, velike kot ogromne palačinke. Dvoje oči gleda naprej, dvoje pa nazaj. In uhlje ima, velike kot slon. Na vsaki glavi po dva uhlja. Kot dva slona. In jezik ima. Na sredi vsake glave ima jezik, rdečega, kot je rdeča preproga, ki jo razprostrejo na dvorišču, kadar pozdravljajo državni obisk. Za dva evropska politika. Enega bi sprejeli na sprednjem jeziku, drugega pa na tistem zadaj. In kremplje ima. Kot bi prišel sam Lucifer iz globokega pekla in bi mu jih posodil, da bi z njimi zavlekel sitne učitelje prav do dna žarečega inferna. Ob tej misli me malo strese, pa kaj, saj bi se dalo živeti tudi brez njih.

A najhujše me še čaka. Zmaj ima ogromne zobe. Sto devetindevetdeset zob. V eni čeljusti jih ima sto, po petdeset spodaj in zgoraj, v drugi čeljusti pa jih ima devetindevetdeset. Stotega mu je baje nekdo izdrl. Reži se mi torej z vsemi svojimi gromozanskimi zobmi in z eno luknjo v obrazu in me hoče požreti. Ja, kaj bo pa zdaj? Tisti manjkajoči zob me tudi ne bo rešil. Kdo bi mi mogel priti na pomoč sredi noči? Starši še vedeti ne smejo, da še ne smrčim pod odejo. Takrat se spomnim, kako je David s fračo premagal Goljata, pa tudi Martin Krpan je bolj z zvijačo kot pa s pravim orožjem spravil Brdavsa s tega sveta. Vidiš, fant, včasih je pa le dobro, če v šoli poslušaš. In jaz imam v roki miško. Čisto majčkeno, a zelo učinkovito. Torej jo malo požgečkam, miška krikne in klikne, in zmaj se razleti na tisoč koscev.

In navsezadnje se mi z ekrana na tipkovnico usuje tisoč sladko-pekočih zmajčkov. Takih, veste, ki jih ližem, kadar mama ne sme vedeti, da sem skrivaj spet kadil.

»No, ti lenuh, ali se nisi nič učil?«
    »…«
    »Sedi, nezadostno.«

Angelove trepalnice

*Ko srce najbolj trpi,
pride angel z neba,
obriše tvoje solze in odvzame vse skrbi!*

Lilo je kot iz škafa in grmelo je, kot bi sam vrag bil po njem (po škafu, seveda, ne po sebi). Tako bi pisatelj začel pripovedovati zgodbo, kadar bi hotel z metaforami spremljati moje razpoloženje. Pa ni tako. Vreme je čisto normalno, niti malo ne dežuje, celo sonce prikuka izza oblakov, kadar se mu zljubi. Meni pa ni prav nič prijetno.

Včeraj sva bili z Marico v mestu po nakupih. Kot vedno znova. In kot vedno znova je Marica pomerjala hlače, bluze, majčke in vse ji je pristajalo, kot da bi imeli modni oblikovalci v mislih prav njo, ko so ustvarjali svoje modele. Meni pa so bile kavbojke ali prekratke ali preširoke, top, ki sem ga videla v izložbi, pa je visel na meni kot na prekli. Marica je vitka tam, kjer je treba, in okrogla tam, kjer je treba. Jaz pa sem prava metla. Pa saj sem stara že štirinajst, no ja, še devet mesecev in dva tedna. Upam, da bo kmalu minilo. Zakaj me mati narava še ni obdarila z dekliškimi čari? Včasih si malo pomagam sama. Kadar mama ne vidi, da odidem iz stanovanja. Od nje si namreč sposodim blazinice, ki jih je zavrgla, ko so bila visoka ramena iz mode. Samo kadar pomerim kak top, mi to nič ne pomaga. Sem, kakršna sem – in neusmiljena pika.

Tako sem ostala brez novih cunj in spet moram obleči vse stare. Ni čudno, da me Štefan ne opazi. Samo za Marico zija. Jaz sem zanj nevidna kot sveže očiščeno steklo. Če ne bi obiskoval Marice, bi mene sploh ne videl. Tako pa mora nehote mimo mojih vrat. Včasih bi lahko zavil na desno že pri mojih, pa mu še na misel ne pride. Potem se v njeni sobi hihitata, se verjetno božata in kaj vem, kaj še vse. Najraje se potem poglobim v kak roman, kjer se stvari zapletajo in razpletajo po svoje. Kakšne probleme imajo dekleta v romanih! Kadijo, pijejo, ubijajo ali pa jih kdo sune v rebra. Včasih imam že dosti vseh izmišljotin, a še vedno bolje, kot da samotarim brez vsake družbe. Nekako se mi ena ali druga punca v romanu prikupi in kar pozabim na čas in na to, da nimam nikogar, s katerim bi lahko šla v kino. Včasih v zgodbi nastopi tudi pubec, lep in korajžen, pameten in spreten, takšen iz sanj. Takrat mi čas mineva zelo hitro. In knjigo preberem kar v enem popoldnevu.

RRRRRrrr … Zvoni – najbrž je on. Lep je in korajžen, pameten in spreten, prav iz sanj. Le eno napakico ima. Slabo vidi. Pomeni, da ne vidi mene. Marica se že hihita in je vsa srečna. Gotovo se bosta poročila. Kar tako meni nič tebi nič se bosta vzela in čisto sama bom. Še nje ne bom več imela. »V kino greva,« jo slišim. Mama sploh ne nasprotuje. »Kar pojdita, ljubica, in lepo se imejta!«

Kadar hočem jaz iti v mesto, me mama obsuje z napotki: »Pazi na cesti! Preštej denar, ki ti ga blagajničarka vrne! Ne pozabi prinesti masla!« Same take …

Nikoli mi ne želi, naj se zabavam. Moja zabava je doma, ob knjigi ali ob televiziji. Še dobro, da imam šolo. Kakor jo sovražim, pa vsaj pridem iz stanovanja.

Torej v kino gre. In še pogledal ni v moj brlog. Ne ostanem tu. Tudi jaz moram ven. Na svež zrak. Moralo bi grmeti in se bliskati in liti kot iz škafa. Pa je lep pozen popoldan, deloma celo sončen. V park grem. Mama ni opazila, da sem odšla. Vsa zatopljena je v svoje šivanje. Nič me ne bo pogrešala. Nihče me ne pogreša. Jezna sem, jezna, in nočem, da bi kdo videl moje solze. Tamle je klop. Trda. Lepo mora biti v kinu.

»Dober dan, gospodična!« Ne more biti res. Nekdo je sedel poleg mene. In dober dan mi želi! Ne bom odgovorila. Ne dovolim, da me tuji fantje nagovarjajo v parku. To je nevarno. Samo da ne vidi mojih solz. »Zakaj pa jočeš?« Nič mu ne rečem. Samo solze se mi še bolj ulijejo po licu. »Kaj ti je?« »Nič, samo …« »Kaj samo?« »Samo moja sestra je šla v kino.« »Pa se zato jočeš?« … Le zakaj mu vse to pripovedujem? Pozabila sem vse napotke, naj ne govorim s tujimi ljudmi na cesti. Ampak to tukaj je nekaj drugega. Nekaj, kar se mi ne zdi čisto običajno. Slišim se, kako pripovedujem vse o Štefanu in o kavbojkah, ki so mi prekratke ali preširoke.

»Pa ta tvoja sestra, je starejša od tebe?« »Je, za pet let!« »Potem to ni tako hudo! Poglej, ko boš ti nekoliko starejša, bo tudi tebe nekdo zares ljubil. Ne bodi žalostna. Obljubim ti, da boš tudi ti kmalu srečna.« In ni ga bilo več. Kar izginil je. Meni pa je ostal nepopisno lep občutek. Kot da bi me angel s trepalnicami pobožal po licu. Obrisala sem si solze in nos in počasi odšla proti domu. Tistega fanta nisem videla nikoli več.

Ti ali jaz

Učenec – učitelj,
to je sladka borba,
v kateri lahko zmagata oba!

Samo to pesem še poslušam, samo to. Saj jutri ne bo kaj posebnega v šoli. Spraševati ne smejo, ker so bili prazniki, saj kaj drugega ne znajo kot to stalno spraševanje. Totalno mi gre na živce. Samo to pesem še, pa kaj, če je že skoraj polnoč.

»He loves me forever and a day« ... Kaj, budilka? Budilka je. »Forever and a day« ... Kako lepo bi bilo še v postelji, samo eno pesem še poslušam.

Kje so moje stvari? Tam pod stolom, nogavice, hlače. »Mami, kje so moje lepe črne hlače?« Mama mi jih bo že našla. Ona ve, kam mi padejo, ko se slačim. In sedaj šminko, deodorant, parfum. Kaj naj s temi lasmi? Čisto zaležani so. Kaj bo rekel, če pridem s tako zmešano grivo? Naj bo. Nekoliko laka nanjo pa nekaj špangic – pa bo za silo šlo.

Mama, zajtrk. Kje pa je fotr? Že v službi? Kaj sem tako pozna? Hitro, požirek čaja pa ajde v šolo. Čaka me lep dan, farderbane z nekaj urami pouka.

Glej no, kako se je uštimala! Ta trapa ima spet novo frizuro. Seveda mora teh par las, ki jih našteje, česati tako, da skrije svojo slamnato pamet.

Bog ji jo daj! Hej, Niko, si še živ? Ne sliši me, baraba. Gotovo je spet ponočeval do jutra. Briga me.

Rukzak na tla, malico pod klop, da bom imela kaj delati, ko imamo fiziko. Nič mi ne paše tole sedenje pri miru. Grem malo pogledat, kakšno vreme je na hodniku. »Prosim, na stranišče!« Naj mi dovoli ali ne, saj moram iti. Zelo nujno. Kaj ne ve, kako je to z nami ženskami? Pa je sama ženska.

Moram reči mamici, da ji napiše pismo. Da se ne bi ozirala na ženske potrebe! Smešno! Zunaj nič novega. Ni ga še. Verjetno je kje na poti. Malo počakam. Morda je šel peš za avtobusom in bo prišel ravno zdajle, ko ga takole pričakujem na hodniku. No, končno. »Kje si bil tako dolgo? Vsi te že čakamo.« »Briga me.« Kaj je z njim? Mislila sem, da mu je kaj do mene. Tako torej. Nič ga ne briga. Nazaj v razred.

Spet sedenje pri miru. Malica! Kaj je pripravila danes? Spet samo kruh s klobaso. Danes ni moj dan! Vse gre mimo. Vsi so neumni. Nihče me ne razume. Problemi so čisto drugje. Tretji svet in potresi in poplave in …

»Manja, imaš žvečilko zame?« – No, vsaj nekaj. To me bo pomirilo. Manja me še razume. Brez nje in njene žvečilke ne bi preživela. Kako bi se mu prikupila? Kaj naj naredim, da me bo opazil? Ali naj mu povem, da sem se zagledala vanj? Kako je vendar lep! Lasje in nos in ušesa in usta! Oh … In sploh!

»Gospodična, kaj imaš v ustih?« Joj, ta profesor, sedaj me sprašuje, kaj imam v ustih. Učitelji, to je res grozno. Naj mu kaj rečem, naj kakorkoli odreagiram? Ali sploh ne? »Gospod profesor, v ustih imam dvaintrideset zob in en jezik.« Pa sem ga! Zakaj me pa tako neumno sprašuje! Mora pač računati z inteligentnim odgovorom. Res sem pametna. Moj inteligenčni količnik je gotovo višji od njegovega. Pa nisem stara še niti šestnajst. Kaj si bo le mislil? Ali sedaj ve, kako mu hočem ugajati? Vse bi si izmislila in zafrkavala bi vsakega profesorja, če bi me le opazil.

»A tako, tako, gospodična. Meni se pa zdi, da imaš v ustih dvaintrideset jezikov in en zob!«

Ojoj, ojoj, danes pa res ni moj dan!

Jeseni

Jager pa jaga,
kaj ti pomaga,
pri nas je zgaga, pojd' se solit!

Kadar se vreme takole vleče po polju, temno in žalostno, kanja kroži okoli svežih krtin in ptiči že iščejo zaščite, kjer bodo lahko svoje kljunčke skrili pod vlažne peruti, takrat se nam vsem zazdi, da je prišla k nam v vas jesen.

Mož sedaj redno prižge ogenj, ga pridno zalaga s suhimi poleni in občuduje plamenčke, ki se igrajo za steklenim oknom naše nove peči.

Kdaj pa kdaj se ob vsej tej jesenski idili le pripeti kaj posebnega. Na primer, ko v nedeljsko jutro zatrobijo lovski rogovi.

Stvar je ta, da živijo na svetu ljudje, ki so lovci, in ljudje, ki niso lovci. Navadno naj to ne bi bil problem, dokler si službeno ne pridejo preblizu. Zgodi se celo, da se lovci in nelovci v žlahti prav dobro razumejo, lahko celo prijetno kramljajo o vseh mogočih in manj mogočih stvareh, dokler se ne dotaknejo tiste ene zadeve, jage. Takrat pa je ogenj v strehi in iz nekdaj prijateljskih pomenkov lahko pride do neslanih, da, celo žaljivih izrazov med njimi.

Naše stališče mi je popolnoma razumljivo, da, nujno utemeljeno. Naš oče je bil človek, ki je znal diskutirati, debatirati, argumentirati, verjetno se je moral kdaj tudi prepirati, ampak nikoli si ne bi mogla predstavljati, da bi odšel v gozd in svojo pravico iskal in utemeljeval s puško. Njegovo edino orodje oziroma orožje je bilo nalivno pero, ki ga je uporabljal preudarno in iskreno. Kadar je mojega mlajšega brata in mene vzel s seboj v gozd, smo bili vsi trije čisto tiho. Niti koraka se ni smelo slišati, kaj šele, da bi pod našimi nogami kje zastokala kaka veja. Nikoli ne bom pozabila, kako nama je pokazal ptičje gnezdo čisto pred nami, zgrajeno v votlinici, obdani s suhim mahom in z vejicami. Še danes se mi orosijo oči, kadar kje zagledam gnezdece z ogromnimi ptičjimi kljunčki, saj se spomnim tistega v gozdu, ko je moj tati še živel.

V naši širši žlahti pa je včasih puška zapela, zato sem sklenila, da se bom odslej izogibala določenim temam, takim, kot je na primer jaga. Vojaških pušk iz zgoraj omenjenega vzroka sploh nočem omenjati. Prehudo se sliši, kadar se dva prepirata. Pa naj bo o čemerkoli. O puškah in jagi na ljudi ali živali pa sploh ne.

Spomin mi seže nazaj v preteklost, ko so se take nevšečnosti začele v moji mladi družinici, ko sta sinova hodila še v vrtec. Naj vam razložim, da stoji naša hiša že skoraj v paradižu. Pred nami gozdiček, za nami bukovje, levo lipa, desno pa širno polje. Vrt, rože in vse, kar spada v paradiž.

V postelji bi se dalo gotovo še malo počivati, pa smo morali zaradi fantkov zgodaj vstajati. »Mami to in mami ono!« me je navsezgodaj zjutraj spravilo ob marsikatere sladke sanje, a obogatilo za marsikateri pogled skozi okno, za katerega bi mi lovci verjetno zelo zavidali. Pri sosedu imajo visoko jablano, jabolk na pretek, tako da niti ne morejo vseh spraviti v shrambo in jih cela vrsta leži v travi vso jesen in vso zimo. Kadar zapade sneg, jih seveda ta pokrije. A ker vam hočem povedati, *kaj* naj bi mi lovci zavidali, vam moram razložiti, da srne pozimi izpod snega odkopljejo tista jabolka, ki jih jeseni niso mogle pojesti, in da mi to seveda lahko ure dolgo opazujemo. Zgodilo se je, da je izza sveže zrasle zelene trave izpod dveh koničastih uhljev pogledalo dvoje velikih oči. Nismo si upali dihati, da ne bi pregnali teh ljubkih prikazni. Srnjačka ne vidiš kar takole med žemljo in kavo, ko se pravkar dela mladi dan. Tako sta mi otroka nehote skozi vse leto ponujala ljubek televizijski program onkraj kuhinjskega okna.

Nekoč za veliko noč, otroci so čakali velikonočnega zajčka, nam je naš kuhinjski televizor odprl fantastičen pogled na pravega zajčka iz gozda. Nismo se mogli načuditi, kakšne kolobocije nam razkazuje, kako skače in dela kozolce. No ja, morda pretiravam, a meni se je zdelo, da je uganjal šale in užival v rosni travi.

    Odslej smo ga vedno znova opazovali. Prišel je, se najedel sveže trave, se malo raztegnil, pomahal z uhlji in kakor v pozdrav dvigal tačke v zrak.

    Navadili smo se nanj – in ne da bi naš prijateljček vedel za to, smo ga posvojili.

»Zeci je spet zunaj!« smo si zašepetali, kadar ga je kdo od nas zagledal.

    Rastel je, odraščal in se redil ob naši travi. In prišla je jesen, z jesenjo pa je prišel trobit tisti lovski rog, omenjen na začetku te zgodbe. In postali smo živčni. Kaj bo z našim zajcem?

Tisto ominozno jutro se je zgodilo. Bila je nedelja po vseh svetih. Še dobro vem. Med našo hišo in gozdom, tam, kjer je naša kuhinjska televizija navadno kazala srne in zajce, se je tokrat program spremenil. S hrbtom proti nam, sedeč na lovskem stolu kot v nekem usnjenem sedlu je lovec držal puško naperjeno proti smrekam. Iz gozda smo slišali lovske pse, zdelo se nam je kot divja jaga. Po polju se je vleklo otožno vreme kot nekoč. Da bi le psi ne imeli tako ostrega voha! Da bi le zgrešili sledi naših domačih živali! Toda vsem nam je bilo jasno, da nimamo drugega izhoda. »Miha, Matija,« sem poklicala otroka. »Poglejta, kaj se dogaja pred našo hišo!« Obstrmela sta in takoj jima je bilo jasno, da gre za vse ali nič. Ali tvegamo, da vidimo pokol v kuhinjskem ekranu, ali pa moramo nekaj ukreniti. Toda kaj? Naših gozdnih domačih živali ne moremo posvariti, saj o nas nič ne vedo in ne govorijo našega jezika. Hm. Ja, takole bo šlo, nam je vsem naenkrat šinilo v glavo. Kričati moramo! In to zelo glasno. –

Naša soseda je zelo prijazna gospa in včasih pride na klepet in kavo. Zakaj je ne bi danes povabili na zgodnji zajtrk? Telefona takrat še ni bilo in naš telefon je bil kar neposredno preko zračnih valov. Torej smo vsi trije, vsi štirje, pomagal nam je tudi moj mož, začeli klicati sosed. »Teta Mojca, teta Mojca!« Klicali smo jo »teta«, ker smo jo imeli zelo radi. Takšno kričanje naj bi opozorilo ljubljenčka zajčka. Nekaj časa smo teto Mojco kriče vabili na zajtrk, potem smo pa pogledali proti gozdu. In kaj je naredil lovec? Trinog z usnjenim sedlom je vzel pod pazduho, puško pa na ramo, in se z našega travnika odpravil neznano kam.

»Uh, to je bilo pa zelo nevarno!« smo si oddahnili. In ose še niso zapustile naših želodcev, ko smo že zajtrkovali skupaj z ljubo teto Mojco, rešiteljico iz zadrege.

Moj prijatelj Ferdinand

Mačje dretje se ne sliši kot petje.
Kaj pravite vi?
So vam mačke že kdaj olepšale noči?

Pravzaprav sem že pospravila pero, a nekaj vam moram še napisati, preden pozabim. Skoraj vse veste o meni, nekaj pa se mi je zgodilo te dni, česar vam nočem zamolčati, ker mi močno leži na srcu.

Stvar je ta: miši ne maram, to vam je znano, miši ne in mačk tudi ne. Čeprav je to nelogično. Če bi imela simpatijo do mačk, bi se mi ne bilo treba boriti proti mišim, ker bi ta problem rešila naša domača mačka. A tako pač je. Pred nekaj dnevi pa sem stvar dodobra premislila in se odločila, da spremenim svoj odnos do njih.

Nekoč sem brala o mačkah v Egiptu in o tem, kako zelo so jih imeli tam v časteh. Menda zato, ker so v njih prepoznali miniaturne leve. Niso nikogar ogrožale in so si same našle hrano in hkrati še poskrbele, da v templjih ni bilo nobenih miši. Zato so imele egipčanske kraljice posebne svečenike, ki so bili odgovorni za mačje potrebe. Baje so nedavno odkrili celo mačje pokopališče z mumificiranimi mačkami. Povzetek: mačke so bile v Egiptu svete živali.

Meni gredo kljub temu na živce, predvsem kadar se ponoči derejo pod oknom naše spalnice. Pa tudi podnevi, kadar se slinijo okoli mene, da bi dobile kaj v svojo skledico, čeprav jih nismo nikoli povabili.

Kot veste, imamo na Tešinji prijetne sosedske odnose. Izposojamo si jajčka, kvas, cimet, rozine, pecilni prašek ali limone, če jih v enem ali drugem gospodinjstvu zmanjka in bi bilo treba speči pogačo. Dandanes to sploh ni problem, saj imamo mobilne telefone. Samo dotaknem se številke na ekranu in že mi soseda prinese želeno stvar, ali pa se srečava na pol poti in si izmenjava tisto, kar ena ali druga potrebuje. Pogosto se srečamo pri enem ali drugem na kavi in ob klepetu, da ponudimo sladico, ki smo jo spekle s tistim kvasom ali tisto limono.

Krista, ena izmed teh ljubih sosed, ima mačka Ferdinanda, mešanca med tigrom in levom, gospoda, ki je že nekoliko v letih in nekoliko bolj rejen. Kadar gre soseda z možem Jankom na dopust, imam častno skrb, da njihov ljubljenec ne pogine od gladu. Tako je bilo tudi pred nekaj dnevi, ko sem vsako jutro šla v njihovo hišo in mu napolnila skledico s tistim katekitom. Bil je zelo nestrpen in je predirljivo mijavkal, ko sem mu pripravljala zajtrk. Zahvalil se mi je s tem, da je hitro planil nad skodelico in v najkrajšem času požrl vse, mene pa popolnoma ignoriral. A ta hrana mu ni zadoščala. Mačkon ima svoja vratca, ki si jih zna sam odpreti, zapirajo se pa sama. Ponoči je po navadi odhajal na lov in se potem vrnil za zajtrk. Nekega jutra sem prišla v kuhinjo, da bi ga nahranila. Ko sem vsebino vrečke katekita iztisnila v skledico, sem na pragu zagledala zeleno kroglico. Grem bliže in vidim, da je to mišji žolč. Toliko da se mi ni dvignil zajtrk iz želodca. Tisto jutro sem se šokirana hitro vrnila na svoj dom. Drugič je pred mačjimi vratci ležal na pol pojeden kos. Manjkala mu je glava in bil je brez ene peruti. Nisem bila presenečena, saj sem že poznala Ferdinandovo požrešnost. Ko pa sem ga prišla nekaj dni pozneje spet nahranit, mi je naproti prišepal drozg. Proseče je odpiral kljunček, češ, pomagaj mi. Hotela sem ga rešiti pred naslednjim mačjim napadom in ga odnesti na prostost. Previdno sem se mu približala, saj ga nisem hotela prestrašiti. Drozg pa se je prestrašil, zbral vso svojo energijo in odletel pod omaro. Tam ga nisem mogla več doseči. Tudi za mačka pod omaro ni bilo dovolj prostora, da bi s taco segel po ptiču, torej sem bila prepričana, da je na varnem in me bo tam čakal, dokler si ne opomore in pridem ponj. Hišo sem pomirjena zaklenila od zunaj in odšla domov. Naslednje jutro pa, o groza, perje po vsej kuhinji, po vsej dnevni sobi in še v zimskem vrtu. To je moral biti boj, ne boj, to je moralo biti pravo mesarsko klanje, kakor takrat med Črtomirom in Valjhunom. Vse je bilo krvavo in razdejano. Ferdi pa se mi je dobrikal in seveda sem mu spet iztisnila tisti puranji golaž v skledico. Nato se mi je mudilo v cerkev k maši. Ne vem, ali je to bil samo dober izgovor ali ne – bojišča se vsekakor nisem dotaknila, saj se je čas moje mačje službe iztekel, sosed in soseda sta bila naslednji dan spet sama odgovorna za svojega krvoločnega ljubljenčka in posledice njegovega boja. Po telefonu sta mi povedala, da sta našla vso katastrofo, ostanke preminulega ptiča pa pod omaro.

Razmerje med nami zaradi tega incidenta ni trpelo. Že naslednji dan sta me spet povabila k sebi. Prijetno smo se pogovarjali in pripovedovala sta mi o dopustu na morju. Bila sta na jadranju in sosed Janko je razlagal, kako se je obnesel v vlogi kapitana. Ferdinand je čepel v bližini in nas poslušal. Moj odnos do njega pa je bil popolnoma móten. Vsak dan opazujem ptiče in jih občudujem, kako letajo in skrbijo za svoj naraščaj, pa še s svojim petjem nam krajšajo čas. Mački pa samo žrejo in žrejo in nas s svojim dretjem budijo ponoči, ko bi mi radi spali. Ferdinand o mojih pomislekih in predsodkih ni vedel ničesar. Navadno je bil nepreračunljiv in nihče se ga ni smel dotakniti. Tokrat pa je bilo drugače. Čisto nežno se mi je približal in se dvignil k meni. Najprej z eno taco, potem z drugo in nazadnje s Kristino pomočjo – jaz se ga nisem upala dotakniti – je pristal v mojem naročju, se sprostil in začel presti. Menda se na ta način ni približal nobeni drugi osebi razen gospodarici. Lahko si predstavljate, kako sem bila razneženа. Molče sem premišljevala, ali ni bil Ferdinand v enem od svojih prejšnjih mačjih življenj sveta žival, kakršne so bile tiste egipčanske mačke. Počutila sem se kot kraljica Nefretete. Sedela sem čisto pri miru in si nisem upala niti dihati, da bi čim dlje ostal pri meni. Najprej sem oklevala, potem pa sem se le opogumila in ga rahlo pobožala po hrbtu. Pri srcu mi je postalo prijetno toplo, kakor da bi vanj posvetil sam egipčanski bog Ra s svojimi sončnimi žarki, in pozabila sem vse Ferdinandove slabe lastnosti. Prepričana sem, da to ni bilo hinavsko dejanje, in vse kaže, da bova odslej prijatelja. In kot sem vam namignila že ob začetku, bom morala še enkrat dodobra preveriti tudi svoj odnos do vseh drugih mačk v mojem koščku sveta.

ITI

*Raj je kraj,
kjer si zdaj!*

Tisto zimo je pri nas zapadlo ogromno snega, podrlo je dva nekoč močna, a tedaj verjetno preperela lesena stebra, s skodlami pokrita streha ob našem skednju, pod katero smo shranjevali steljo za krave, pa se je nagnila do tal. Ko je vigredni veter stopil zadnje zimske sledove, sva z mamo šli gledat polomijo. Mama je zajokala. Uspelo mi je, da je moja ročica zdrsnila v njeno dlan. Bila sem še zelo majhna, zelo majhna in zelo sama. Sedli sva na spodnji rob lesene strehe, sonce je sijalo, mama mi je razkrila, da nosi pod srcem novo mlado bitje. »Sedaj vas bo šest!« je dejala. Požebrali sva za srečo v naši hiši, ki se je napovedala, in prosili za pomoč pri odpravljanju zimske katastrofe. Bratec se je kmalu rodil, streha pa je še leta segala do tal.

Kadar je imela mama preveč dela s ta malim, sem jaz odšla in se igrala za tisto streho. To je bilo ugodno skrivališče. Bila sem daleč proč od običajnega sveta, vsa zatopljena sem polnila lonček z zemljo, dolivala vode, skuhala kavo in nabrala še trpotčevih listov za čaj. Na to pojedino sem povabila svojo prijateljico ITI. Čeprav se je potepala nekje med zvezdami, se je na moje vabilo nemudoma odzvala. V zahvalo za pogostitev mi je ponudila, da me v svojem vozilu odpelje v druge čase in druge svetove. Najprej sem se obotavljala, češ mama me bo pogrešala, potem pa sem privolila, saj mi je zagotovila, da bo vse v redu in da lahko raztegneva ali skrčiva čas, kakor se nama zdi potrebno.

Odšli sva na Žofranovo polje in vstopili v njen okrogli, svetleči se, s krožnikom pokriti krožnik. Prostor v njem se je svetil kot glavni oltar v naši farni cerkvi. Skozi v vseh barvah prelivajoča se okna se je videlo naokrog. ITI me je vprašala, kam želim. Nisem si mogla zaželeti ničesar, saj razen Tešinje dotlej nisem videla še ničesar drugega, ne na tem ne na onem svetu. »Kar ti odloči, ti bolje veš!« Bila je prav tako velika kot jaz, a vedela je, kaj naj napravi, da se bo vozilo dvignilo. Nisva bili še prav v zraku, ko sva že pristali. Bili sva v razredu Slovenske gimnazije. Preplašeni fantki in punčke so sedeli v šolskih klopeh in se trudili, da bi napisali prvi slovenski spis in tako opravili sprejemni izpit. Profesor je z veseljem pomagal in kmalu je bil pismeni del opravljen. Deklica s šestici podobnim kodrom na čelu je z veseljem odložila zeleno pisalo. Oooo, saj to sem bila jaz, malo starejša. Nekaj je zazvončkljalo in slika se je spremenila. ITI mi je razložila, da je minilo nekaj let in da imamo prost čas med učnimi urami. Sedela sem v razredu med drugimi deklicami, nekatere so imele dolge lepe kite, ob meni pa je stal moj mlajši bratec, ki je sedaj že hodil v prvi razred gimnazije. Povedal mi je, kako je dobil nekaj denarja in si kupil daljnogled. Dal mi ga je in mi dovolil, da pogledam skozenj. Bil je iz plastike, videla sem vse pred sabo pač malenkostno večje. Bila sem razočarana, saj sem pričakovala, da se mi bo odprl pogled neznano kam. Tudi bratec je sanjal, kako mu bo ta pripomoček približal nov svet. A on ga je v njem res odkrival, saj tako se mi je zdelo. Najprej sem ga okarala, da tako nepremišljeno zapravlja denar, vendar sem želela, da se mu sanje uresničijo.

Midve pa sva nadaljevali polet v naslednji dogodek. Vrbsko jezero, celovško kopališče, vrisk in veselje mladih ljudi pa kup zvezkov za navidezno učenje. Matura je bila pred vrati in bilo je še mnogo neznanih faktorjev, ki bi si jih bilo treba shraniti v spomin. »Pustimo zdaj učenje, pojdimo se v vodo žogat!«

Vsi so z veseljem skočili v vodo, eden je vrgel žogo, drugi jo je ujel in podal naprej. Neka mladenka je bila malo nezbrana in je ni ujela. Morala je plavati za njo. A bolj se je trudila in bolj je z rokami in nogami porivala vodo stran, hitreje se je žoga pomikala na nemirnih valovih dalje proti globokemu predelu jezera. Dekletu je zmanjkalo moči, preslabo je plavala in preveč se je morala boriti z vodo. Obupala je in se ji prepustila. Potopila se je vanjo in najprej poskušala dihati, a v njenih pljučih se je nabiralo vedno več vode. Takrat se je predala, naj se zgodi, kar se hoče. Nenadoma je zaslišala nebeško lepe akorde in videla same mehurčke v mavričnih barvah. Potem so se mehurčki spremenili v zlato bele. Tisti hip jo je nekdo zgrabil za roko in jo potegnil ven. Medve sva se spet znašli v najinem letečem krožniku. »Bilo je tako lepo, božansko! Zakaj me nisi pustila v tem raju?« »Malo še potrpi! Zate še ni bil čas, da odideš,« mi je odvrnila.

Bilo jih je dvaindvajset. Fantje, sedaj že skoraj odrasli, so nosili črne obleke z belimi srajcami in kravatami, dekleta pa so bila oblečena in našminkana kot prave manekenke, ena lepša od druge. Vsi so ponosno v rokah držali maturitetna spričevala, profesorji pa so jim eden za drugim čestitali za uspeh. Nato so se porazdelili za zeleno mizo, prednje so sedli profesorice in profesorji, fotograf pa jih je slikal. Z ITI sva se čudili, kako svečano je bilo. »Vidiš, kako si srečna, da si opravila zrelostni izpit!« mi je dejala. Zapustili sva družbo in odleteli.

Tokrat je bil polet za spoznanje daljši. Ustavili sva se na travniku pred gradu podobno hišo. Tam so izrekali dobrodošlico mladi dami v belem kostimu. Ker sva bili nevidni, sva se približali družbi, in videla sem, da sem tista mlada dama jaz. Popolnoma amerikanizirana. Imela sem dolge lase z lepimi razkošnimi kodri, stala sem ob ameriški Mom in sprejemala darila od vseh njihovih družinskih prijateljev in sorodnikov. Nikogar nisem poznala, a so me kljub temu bogato obdarili. Dobila sem biserno ogrlico, spominsko knjigo z usnjenim ovitkom, na katerem je bilo z zlatimi črkami napisano moje ime, rožnato usnjeno skrinjico za nakit, še nekaj nakita, za katerega je bilo prostora v njej, svilena šala, zlato stojalce za šminke, okrašeno s pisanimi dragulji in z dvema biseroma, in še je bilo mnogo ljudi, ki so stali v vrsti, da bi mi izročili svoja darila. Okoli mene so bili zbrani vsi moji ameriški bratje in sestre. Vsi so že težko čakali, da bom končno razrezala veliko belo torto, okrašeno z rdečimi vrtnicami iz marcipana. Pridružil se nam je še Dad, v roke sem dobila nož, razrezala torto na kose in jo začela deliti. ITI me je opomnila, da imava pred sabo še dolgo pot. Težko sem se ločila, saj te prelepe sladkosti nisva niti poskusili. Pa saj ne vem, ali bi mogla kaj zaužiti, tako zelo sem bila razburjena.

Leteči krožnik naju je peljal nazaj proti domu na Tešinji. Ker sva bili obe nevidni in brez teže – tega prej sploh nisem opazila –, sva pokukali skozi okno podstrešne sobe, v kateri je bila zbrana lepa mlada družina, v dveh otroških posteljicah sta bila majhen in še za leto manjši dojenček, atek in mamica bi še spala, a otroško blebetanje ju je zbudilo. In takrat mi je postalo jasno, mamica v tej idili sem jaz. Nama z možem bi se še kako ljubilo počivati in uživati, a najina ljubčka sta bila popolnoma budna in lačna. Pa se zasliši glas moje mame: »Miha, Matija, pridita dol k meni, naj ati in mami še malo podremata!« Skobacala sta se vsak iz svoje posteljice in jo ucvrla dol po stopnicah v toplo babičino naročje. Oddahnila sem si in se posvetila ljubljenemu ob sebi in sladkemu brezskrbnemu spanju. Ljuba moja mama in tati! S kakšno ljubeznijo sta se posvečala najinima fantkoma! »Tega ne boš nikoli pozabila,« mi je dejala ITI. Medtem sem jaz, mala deklica, ki se je pred kratkim še igrala za skednjem, postala že skoraj tudi odrasla, čeprav nisem zrasla niti za las.

In spet se je bilo treba ločiti v najslajšem trenutku.

Zamižala sem, da ne bi zajokala, in ko sem odprla oči, sva se znašli spet na Slovenski gimnaziji. V razredu že skoraj zrelih dijakov in dijakinj je potekal pouk slovenščine. Dijaki so z zanimanjem sledili profesoričinim razlagam. To ni bilo predavanje, dijakom je bilo marsikaj vredno podrobne razlage. Predvsem jih je zanimalo, zakaj sta se Bogomila in Črtomir odpovedala skupnemu življenju na tem svetu. Profesorica jih je vprašala, ali si morejo med njima v nebesih zamisliti ljubezen, ki je še večja in še bolj osrečujoča kot posvetna. Nastal je živahen razgovor. Ona pa se je zazrla v plakat na zadnji steni razreda, »ITI – PUSTI NAM IVANO TU!«, in se blaženo nasmehnila ob ustvarjalni fantaziji ljubljenih dijakov. V tem hipu sem se zavedela, da sem ta profesorica jaz. Kako so že ob pripravah lepaka vedeli, da sva namеravali z ITI pravkar odleteti? Nisva upoštevali njihove želje in sva se neslišno, kot sva prišli, spet oddaljili.

Mimogrede sva prispeli k neznani hiši. Ta se je lično ujemala s prelepim okoljem. Tik ob gozdu se je svetil ribnik, v njem so se igrali pupki in urhi, nad njim pa so plesali kačji pastirji. Poslopje je čuvala mogočna lipa, ob njej se je skrivala lesena uta z brajdo, zraven je bil lepo urejen zelenjavni vrt, tam zadaj visok oreh, med gozdom in vrtom kurnik, kjer so se pasle kokoši, pa lesena otroška hišica. Pravi paradiž! Vprašala sem

ITI, ali sva sedaj prispeli v nebesa. Ni mi odgovorila. Odlebdeli sva v prvo nadstropje in prispeli v sobo s krasnim razgledom proti ribniku in gozdu. Tam pa zopet prava družinska idila. Ati in mami in deklica, ki se je prebudila in s svojim blebetanjem poskušala zbuditi starša. Spodaj v kuhinji je babi slišala njeno ščebetanje in jo poklicala: »Pridi dol, pusti očka in mamico, naj se še malo naspita!« Punčka je z veseljem zlezla iz otroške posteljice in odracala po stopnicah navzdol, babici v naročje. In glej, tokrat sem bila pa jaz babi. Objela sem malo in jo cmoknila na lice. Zasmejala se je in odplesala k dedku. Jaz pa sem začela kuhati zajtrk ...

Malo prsti, malo vode pa trpotčeve liste ... za kavo in čaj.

Kam pa je tako nenadoma odšla ITI? Saj še nisva pozajtrkovali! Tam od daleč mi je mahala iz letečega krožnika in mi še obljubila: »Pa kmalu spet!«

Naše domače živali

Mijavkanje, lajanje in mukanje,
kokodakanje in meketanje,
tako je kmečko življenje!

Kot večina vseh tistih, ki se jim zdaj zbirajo križi let, sem tudi jaz odraščala na kmetiji. Moji starši so živeli v mestu, med vojno vihro pa so morali zapustiti mestno stanovanje, v katerem se je dalo udobno živeti, in se po daljšem prisilnem bivanju v nemškem kraju Zammelsberg v Krški dolini ugnezditi na Tešinji. Lastnik male posesti je bil moj stric Janko, ki je tedaj po sili razmer služil pri nemškem velepoveljniku. Tam v daljni Rusiji mu pač ni uspelo, da bi pobegnil k partizanom. Ne vemo, kje je ostal, njegovo pismo za veliko noč 1945 je bilo zadnji znak, da še živi. Mi pa smo hišo in nekaj polj potem morali ali smeli obdržati – in tako smo do danes ostali na Tešinji.

Moja ljuba mamica je v Celovcu močno uživala življenje meščanke. Nosila je lepe obleke, njene roke so bile mehke in bele, ker je rada vezla in pletla in kvačkala, predvsem za svoje štiri otroke, ki so bili vedno čedno »uštimani«. Tu na Tešinji pa se je vse spremenilo. Prva domača žival, ki je dobila mesto v tedaj še praznem hlevu, je bila krava Roža. Dajala je dosti mleka za šestčlansko družino. In kmalu se je najavil sedmi član, to sem bila jaz. Odkar se zavedam, je bil hlev zanimiv. Roža se je pojala, poklicali so živinozdravnika, nekaj časa pozneje smo imeli teličko, ta je zrasla v telico, ki se je spet pojala. Tako se je čas vrtel in hlev se je polnil. Dobili smo prašičke, ki so zrasli v prašiče, in vrtiljak se je spet obrnil, spet smo imeli novo življenje v hlevu. Sledili so zajci, kokoši, ovce, psi, mačke, koze. Kar mrgolelo je vsega, če si pokukal iz hiše. Več živali pomeni tudi več dela. Vsak od otrok je pomagal mami po svojih zmožnostih.

Oče je imel poklic, ki mu ni dovoljeval bivanja na podeželju. V glavnem je bil zaposlen s knjigami in z zvezki, svinčniki in nalivnimi peresi. Zelo ga je skrbelo, kako bo mama zmogla sama opraviti vse delo. Jaz kot mala punca, ki sem se rodila v to podeželsko idilo, seveda nisem opazila ničesar od tega. Lepo se mi je zdelo, da je svet tako pisan in živahen. Moj mlajši bratec je nekega dne pripeljal sestradanega psa, velikega kot lev, imenovali smo ga Lajko, saj je tiste dni v ruskem Sputniku okoli Zemlje krožila psica Lajka. Zdresiral ga je in ga naučil marsičesa. Imeli smo ga na verigi, kakor je bilo takrat običajno in dovoljeno. Bil je zelo prijazen in ni naredil nikomur nič žalega. Nekatere živali pa so bile silno nevarne. Naš petelin je bil hud in otroci smo se ga zelo bali. Jezilo me je, kadar je mrcvaril kokoške, a mama mi je dala ustrezno lekcijo iz biologije. Imeli smo tudi ovna, ki je branil svoje ovčke tudi na naš račun. Kdor se ni pravočasno umaknil, je kar kmalu začutil, kdo je močnejši.

Kadar smo klali, je bila pri nas prava drama. Skrila sem se v posteljo, ki je bila najbolj oddaljena od hleva, in si z blazinami zamašila ušesa, da ne bi slišala borbe med klavcem in žrtvijo. Ko je svinja razpolovljena visela na dvorišču, je sledila naslednja krvava ura biologije. Jetra, pljuča, rebra, srce, drobovino, vse sem spoznala, drobovino še preveč »podrobno«, saj je bilo treba čreva izpirati, da smo jih potem napolnili s kuhanim ječmenom in z mletim mesom. Vse smo pridelali doma, od kruha do klobas, od solate do marmelade. Naša mama je bila prava umetnica na vseh področjih.

Jajca smo celo prodajali. Vsak teden je k nam prihajala jajčarica. Imela je široko pleteno košaro z velikim ročajem. V njej je bilo nekaj slame, na katero je polagala jajčka. Moja naloga je bila, da sem jih vsak dan hodila iskat. Poslušala sem, kje kokoške kokodakajo svoj zmagoslavni spev, navadno se jim je pridružil še petelin. Vsa kokošja družina se je veselila uspeha z jajci. Jaz pa še bolj, ker mi je mama za moj prispevek dala desetino denarja, ki ga je dobila od jajčarice, katere prsti so posebno spretno plesali okrog jajc. Na ta način jih je štela in previdno zlagala v košaro, da se ne bi katero razbilo. Z mamo sva bili zelo ponosni na unovčeni dobiček.

Vsako leto smo imeli telička, zelo rada sem opazovala, kako fletno je pil mleko iz napetega kravjega vimena. Ko v hlevu ni bilo več prostora za telija, tako smo ga klicali, smo ga morali prodati in preteklo je mnogo solza. Potem pa je krava dajala ogromno mleka. Mama je dobila stolček in vedro, sedla je h kravi in jo pomolzla. Medtem sem jaz morala pridno stati pri njej in držati kravji rep. Krava se je seveda branila in dostikrat se je zgodilo, da mi je rep ušel iz rok in udaril mamo po licu. Pozneje sem se tudi jaz naučila molsti. Dobila sem lasten lesen stolček. Kadar smo imeli dve kravi, sva z mamo molzli obe hkrati. Mama je bila seveda dosti hitrejša, zato je meni prepustila tisto molznico, ki je imela manj mleka. Mleko je bilo treba odnesti v vas, kjer je bila mlekarna. Kadar ga je bilo posebno veliko, sva kangle namestili na voziček z dvema kolesoma, ki ga je za nas izdelal sosed. Sicer pa sem nosila v vsaki roki kanglo, na hrbtu pa šolsko torbo, in mleko je bilo še pred poukom tam, kamor je sodilo. Tudi od denarja za mleko sem dobila desetino. To je bila moja žepnina. Vedno sem imela v žepu dosti grošev in šilingov.

Ko sem dosegla pravo starost, si je mama prvič privoščila dopust. S tatijem sta se odpeljala v Lurd. Meni je bil za ta čas dodeljen hlev. Vsako jutro navsezgodaj je bilo treba nakrmiti živali, odkidati gnoj, pomolsti. Kako veselo je bilo kokodakanje, mijavkanje, lajanje, mukanje in meketanje! Edini neslišni sostanovalci so bili zajci. Moj odnos do njih je bil sporen. Imeli smo jih v zajčniku »pod huto«, to je bil prostor, kamor smo spravljali steljo za živino in drva za kurjenje. Zajci so vsak dan potrebovali svežo travo. Ko je bila mama na romanju, so trije zajci poginili. Menda zato, ker sem jih zanemarjala. Staro travo bi bilo treba pospraviti iz zajčnika. Sicer se v njem naselijo plesni, teh pa živali ne prenesejo. Vsako jutro je v brlogu ležal poginuli zajec, z bratcem sva jih potem šla pokopavat. Naredila sva grob, vanj položila mrtveca, ga pokrila z zemljo in na vrh vtaknila križ iz dveh vejic. Potem sva pomolila in pokrižala grobek. Solze so nama tekle po licih, ne zaradi smrti, to ni bilo tako hudo, toda pogrešala sva mamo, ki bi vedela, kaj storiti, da živali ne bi pocrkale. Ta ceremonija se je ponovila še dvakrat.

A to ni bil edini način, kako jih je zmanjkovalo. Sedaj, desetletja pozneje, sta mi sinova pripovedovala, kako rada sta se zabavala z zajci. Natančno sta vedela, koliko jih je bilo »pod huto«. Včasih sta jih vzela v naročje in se z njimi igrala. Potem se je zgodilo, da je eden od ljubljenčkov nenadoma izginil, mama pa je vabila na kosilo, ki je sumljivo spominjalo na pečene zajčje kosti. Kljub temu smo vse pojedli, saj v trgovini ni bilo izbire, v denarnicah pa tudi ne.

Moji otroci so uživali, ko so bili z živalmi. Namesto krav smo tedaj imeli kozico, ki so jo naši otroci imenovali Jožica. Bila je lepa, imela je vse, kar imajo koze, tudi rogovje. Nekoč se je pasla pred hlevom, starejši sinček se ji je približal, da bi jo prijel za roge, pa ga je kar energično sunila v rebra in ga podrla po tleh. Ta bitka je imela jasen konec. Odtlej se je moj sin varoval vseh večjih mrcin. Še dobro, da smo imeli kužka

Pazija. Kadar so se otroci žogali, je bil psiček glavni, in kar nekajkrat se je zgodilo, da je žogo zadel v gol. Težava je bila v tem, da je bilo na travniku vsepovsod polno kakcev. Ne samo pasjih, tudi kure so bile zelo produktivne. Kadar se je komu kurjak prilepil na boso nogo, smo to drugi opazili že od daleč. Šlo je namreč za posebno močno in vsiljivo aromo. Poleg veselja in živžava pri naši mami pa je ostalo delo, ki je obviselo na njej. Vsi preostali smo jo obiskovali vsak konec tedna. Najprej smo dom zapustili otroci in vnuki, sčasoma pa je na tak ali drugačen način kmetijo zapustila tudi ena žival za drugo. In vsakokrat smo vedeli, da se je mama znebila bremena. Bilo je zelo udobno, ko ji ni bilo treba navsezgodaj vstajati in iti v hlev pomolst krave in jih napojit, nakrmit vse živali v hlevu in skidat gnoj.

Sledile so vigredi, poletja, jeseni in zime. Hlev je bil prazen in na Tešinji je leta dolgo vladal mir. Nobenih zajcev, nobenih psov, da ne govorim o kravah in kozah. Bilo je zelo prijetno in tudi podeželskih hlevskih vonjav ni bilo nikjer več. Dokler se niso leta obrnila še nekajkrat. Preselili smo se v hišo čisto blizu prvotnega doma. In naša nova generacija, ki ni imela prav nobenih izkušenj z domačimi živalmi, si je spet zaželela hlevskega živžava. Ni bilo dovolj, da so tod okoli začele hoditi mačke z vseh koncev in krajev, ne, dobili smo kužka, majhnega in belega, pa kokoši, take ljubke rjave. Močno upam, da to ni samo začetek, temveč da je s tem opravljeno. Navadila sem se namreč bila ljubega miru in življenja brez skrbi in neprijetnih vonjav. Vendar se veselim dopoldanskega kokodakanja, ponosnega znaka, da je kokoš opravila svojo nalogo in znesla jajce. In ko držim v rokah čisto sveže, še toplo jajce, se mi skoraj stoži po tistih časih, ko nam je bil ta občutek tako zelo domač. Ojoj, slišala sem, da se pogovarjajo o ovcah!

Le kaj naj oblečem

Omara polna oblek,
a skrb, kaj naj oblečem,
me spremlja vsevprek.

Kdo ne pozna situacije, da stoji pred polno omaro in ne ve, kaj naj obleče. Predvsem bi o tem lahko pripovedovali moški, ker se to tiče njihovih ljubljenih žena. Ali nismo nekoč slišali izreka »Ne skrbite za življenje svoje, kaj boste jedli in kaj boste pili, tudi ne za telo svoje, kaj boste oblekli«? In nekoliko kasneje pravi isti Učenik: »Poučite se od lilij na polju, kako rastejo. Ne trudijo se in ne predejo, toda povem vam: Še Salomon v vsem svojem veličastvu ni bil oblečen kakor ena izmed njih.« Želim si, da bi vedeli, kako je On to mislil. Nam namreč niti malo ne uspe, da bi sledili njegovim navodilom.

Kako naporno je hoditi po trgovinah in iskati tisto, kar si želimo! Ali je barva oblačila preveč kričeča ali pa je oblačilo prekratko, predolgo, preširoko, ni po najnovejši modi, in še bi lahko naštevala muke, ki jih doživljam ob nakupovanju. Po navadi kupim kar prvo stvar, ki sem jo pomerila, odnesem jo domov, oblečem enkrat in potem nikoli več. Ker je nenadoma preveč kričeča, prekratka, predolga, preširoka in tako dalje. Potem take obleke leta dolgo visijo v omari, puloverji ležijo na polici, čevlji se valjajo nekje pod stopnicami, vse dokler se ne odločim in polne cule ne odnesem v zbirališče starih cunj. Ali ni to grozno?

Včasih je bilo drugače. Moja mama se je v gospodinjski šoli naučila šivanja in je to svoje znanje s pridom izkoriščala. Mi, njeni otroci, smo bili vedno čedno oblečeni. Kadar nam je bilo kaj premajhno, smo dali mlajšim sestram, bratom, sestričnam, bratrancem, sosedom. Nihče se ni zgražal, da nosi stare ponošene stvari. Pa saj se tudi danes da kar spretno izkoristiti ponošena oblačila. Mamice zbirajo oblekice svojih dojenčkov, ki tako zelo hitro rastejo, in jih podarjajo mlajšim, starejše gospe se organizirajo v skupine, kjer izmenjavajo tisto, česar ne potrebujejo več. Rabljeno lahko ceneje kupiš v trgovini »iz druge roke«, v tako imenovanem *second hand shop*. Treba se je samo znajti.

Italija slovi po tem, da je v modi zelo napredna. Kar pomislimo na vse tamkajšnje znamke, ki jih pri nas pozna vsak otrok. To je bilo tako že v letih moje mladosti. Kdor je želel imeti nekaj ekskvizitnega, se je peljal z vlakom v Trbiž. Tržnica je bila na prostem, robe je bilo na pretek, denarja malo, slišalo se je barantanje za vsak šiling. Tam si dobil pomaranče, mandarine, turški med, mmm, kar sline se mi cedijo. Težava je bila v tem, da nisi smel ničesar uvoziti v Avstrijo, ne da bi za to plačal carino. Tako smo se navadili *švercanja*, skrivali smo vse, kar se je skriti dalo, in molili, da bi nas carinik ne zasačil.

Tisti čas je v naši vasi živel možakar, ki smo ga vsi predobro poznali. Imenovali smo ga Lojzan. Tudi on se je z vlakom odpravil v Trbiž. To mestece leži tik za mejo, stisnjeno med gorami. Prostora je samo za nekaj hiš, cesto, reko in železniško progo. Med reko in cesto se je ugnezdila tržnica, kamor se je bil Lojzan namenil iti. Kupiti si je moral nedeljsko obleko. Pri nas na Koroškem si oblek iz trgovine nisi mogel privoščiti. Naš junak je našel lepo temnomodro. Prodajalec jo je izvlekel iz lepe škatle, kupec jo je pomeril, potem pa je obleka spet romala v škatlo. Lojzan je vzel škatlo pod pazduho, pošteno plačal in se napotil proti vlaku. Tja grede je za tako imenovani likof popil še šnopsek, potem pa je pogumno stopil v vlak. Tudi on je bil poučen o tem, da ne sme ničesar uvoziti. Vlak je odpeljal, on pa se je takoj odpravil na stranišče. Bilo je zelo tesno, a dovolj prostora, da se je lahko preoblekel. Najprej je slekel svoje stare hlače, jih žvižgaje vrgel skozi okno in segel v škatlo po nove. Izvlekel je suknjo, hlače pa je prodajalec verjetno obdržal zase. Kako je Lojzan potem brez hlač hodil po vlaku, da ne govorim o Podrožci in pešpoti v Podgrad, tega sosedje nismo nikoli predebatirali do kraja.

Spomnim se zelo zanimive pridige našega prejšnjega gospoda župnika. Pravzaprav se pridige ne spomnim, poznam samo konec maše. Sicer vedno resni gospod v mašni obleki se je po oznanilu za prihodnji teden hudomušno nasmehnil in rekel: »Nekdo je na poti v cerkev našel hlače in jih tu oddal. Kdor jih je izgubil, jih lahko pride iskat v žagrad, to je v zakristijo.« Vsi smo se smejali, se spogledovali in upali, da bomo morda ugledali tistega ubogega vernika brez hlač. V vasi smo imeli krojača Viktorja, ki je bil zelo prijazen. Popravljal je strgane obleke ter daljšal in krajšal, širil in ožil vse, kar mu je kdo prinesel. Ko je opravil svojo nalogo, je na kolesu pripeljal robo v hišo. Vaščani so se potem seveda smejali, ko so izvedeli, da je bil Viktor tisti, ki je izgubil hlače, ker so mu padle s kolesa, in da kljub temu ni bil brez njih, ko je prišel v cerkev.

Ženske pri nas v teh starih časih še niso nosile hlač. To je bilo nespodobno. Šele počasi smo se ohrabrile in začele uvajati enakopravnost. Vsaj na tem področju. Ampak to je spet druga zgodba.

Naj bodo hlače ali krila, želim si spletično, ki bi mi kupovala ali šivala moja oblačila, mi jih pomagala obleči in me navrh še olepšala z najprikupnejšo pričesko. Žal nisem kraljica niti grofica. Ne preostane mi ničesar drugega, kot da se odpravim v trgovino s konfekcijskim blagom, se podam v boj za najlepše in najcenejše cunje, ki mi jih nudi razprodaja, se zmagoslavno vrnem domov in se postavim pred ogledalo. »Zrcalce, zrcalce na steni povej, katera najlepša v deželi je tej!« Navadno na odgovor čakam zaman.

Medžugorje

Duša moja, zaupaj vase!
V sebi nosiš nebeško moč!

Tole pišem na veliko soboto, ker me je navdihnil članek v našem »malem« časopisu, v katerem se teolog in novinar pogovarjata o simbolu križa. Od križa do Križevca v Medžugorju ni daleč, saj jih tam najdeš nič koliko. Smisel križa se je v mojem svetu prek let in desetletij spreminjal. Ko sem bila majhna, je v bogkovem kotu visel velik križ. Jezus je bil kronan z vencem iz trnja, videla sem kaplje krvi na čelu, na rokah in nogah, prebodenih z žeblji, ter na levi strani, kjer ga je vojak prebodel s sulico. Zelo se mi je smilil. Hotela sem ga sneti s križa, mu izvleči žeblje, odvzeti trnje, mu kakor Veronika nekoč obrisati kri.

Vrtec sem obiskovala pri šolskih sestrah v Šentpetru. Vse, kar sem se tam učila, sem ljubila. Svet se mi je razširil, iz maminega naročja sem zlezla v naročje sester redovnic, popoldne pa sem se spet ugnezdila nazaj v mamin sladki objem. V samostanu je bila v nadstropju nad nami velika kapela. Vsak dan nas je sestra Celina vodila gor. Po dva in dva smo otroci svečano in seveda molče stopali v prostor, kjer je bila na desni strani lurška votlina s prelepim Marijinim kipom. V maju smo vsak dan pred njim peli pesmi njej v čast. Ovenčali smo jo s cvetlicami, ki so dišale v pesmih in na polju. Advent je bil posebno mističen. Pred Materjo božjo so bile postavljene jaslice, prazne in mrzle. Sestra nam je dala nalogo, naj bomo posebno pridni, ker lahko za vsako dobro delo položimo slamico vanje, da bo detetu topleje. Za tiste slamice smo se zelo trudili in enemu ali drugemu je uspelo, da je lahko zmehčal Jezuščkovo posteljico. Ob postu pa smo spoznali križev pot, ki je krasil stene v farni cerkvi, kjer sem se naučila vseh krvoločnih postnih pesmi, to so bile »Daj mi, Jezus, da žalujem«, »Tisočkrat pozdravljena, glava s trnjem kronana, ki ji iz globokih ran vre presveta kri na dan« in druge. Najraje sem pela tisto o bledi luni, ki se je na Oljski gori skrivala za oblaki, pa še potok je žalostno šumljal, in celo brez krvi: »O ne, Jezus, mi ne zapustimo te nikoli več, srčno vdani k tebi, glej, hitimo, k tebi, Jezus, v blaženo nebo!« Tako je moje življenje potekalo dramatično. Rablji so zabijali žeblje v Jezusove roke in noge in jaz sem trpela z njim. Čutila sem, kako ga bičajo, ga tepejo, mu zasajajo trnje v čelo. Vsak post, vsako leto.

Medtem se je svet leta dolgo odeval v cvetje, dozorevali so sadeži, listje je padalo z dreves in sneg je belil zemljo. Poročila sem se, rodil se je prvi otrok. In takrat, prav na cvetno soboto, je zgorela naša farna cerkev. Župnik nas je odtlej vabil v župnijsko dvorano, kjer smo kar nekaj let obhajali bogoslužje. Ko so farno cerkev obnovili, nismo imeli več lepih oltarjev, orgel in kipov, ki so krasili staro cerkev. Ostala sta ožgani kip farnega zavetnika svetega Jakoba in kip svetega Sebastijana, prebodenega s tisočimi puščicami – no ja, nekaj manj jih je bilo. Vsekakor je leta pozneje neki fantek pred mašo stopil k tedaj že novemu župniku in ga vprašal, zakaj ne izvlečejo puščic iz svetnikovega telesa. Da, zares, zakaj ne? Zakaj ne snamemo trnja z Jezusove glave? Zakaj ga pustimo viseti na križu? Zakaj je v našem življenju eno samo trpljenje, zakaj se ponavljajo bolečine, očitki, pokora? Ali ni čas, da se zavemo odrešenja? Kaj so nam nekoč obetali angeli? Nekoč, ko smo slavili rojstvo božjega deteta? Ali niso peli nekaj o slavi in miru na zemlji, o blagovesti, ki naj se razširi po vsem svetu? Ali nam je dana moč, da lahko spremenimo strah v zaupanje, pomanjkanje v izobilje? Ali bi res lahko prestavljali gore, če bi imeli samo malo več zaupanja vase in v božjo pomoč? Kako se počutimo, kadar pojemo Slavo, in kakšne misli nas težijo, ko Jezusa vedno znova kronamo s trnjem? Ali se veselje božje slave ne vseli tudi v nas? In strah in bolečino s trnjem kronanega Jezusa občutimo v sebi?

Na veliki petek smo imeli obisk. V najsvetejšem času cerkvenega leta se nam je pridružila Kitajka. Nismo je vprašali, ali je krščena po naše ali pa je budistka ali kaj drugega. Vzeli smo jo s sabo, ko smo šli popoldne ob treh k bogoslužju. Povzdigovanja na ta dan ni, ker se spominjamo Jezusove smrti. A vsi smo šli k obhajilu, tudi Kitajka s Tajvana. Ko smo spet sedli v cerkveno klop, mi je prišepnila, da bi sem zraven teknila še sojina omaka. Bila sem vsa iz sebe zaradi njenih bogoskrunskih besed. Začela sem premišljevati, ali ima uživanje hostije zanjo drug učinek, ker se posmehuje temu obredu. Moje občutje je bilo svečano, sveto, saj sem prejela »Jezusa«. Spraševala sem se, ali ga je prejela tudi ona, saj je jedla isti blagoslovljeni kruh kot jaz. Ali vplivajo moje in njene misli na Njegovo navzočnost v kruhu in vinu? Nisem našla odgovora, a globoko v mojem srcu se je zasidral dvom. Sledilo je čaščenje križa, jaz pa sem raje odšla – zamišljena in tudi globoko prizadeta – domov. Tudi Aleluja na velikonočno jutro me ni mogla razvedriti.

Kadar potujem po svetu, me najbolj vabijo sveti kraji. Njihovo izžarevanje miru in tolažbe je kot magnet, ki me privlači. Zdi se mi, da imajo katedrale in bazilike poseben čar. Slovenci se zbiramo v kar nekaj takih svetiščih. Meni najbližje so Brezje. Tam sem prižgala že marsikatero svečo, da bi okrepila svojo željo. Ne vem, ali ima brezjanska Mati Božja tako moč ali pa moje notranje prepričanje materializira vse, kar si želim. Povem vam lahko samo to, da se mi vse uresniči. Gotovo je že vsak izmed nas bral o Lurdu in Fatimi. Kar se dogaja tam, je nepopisno. Vendar smo si romarji za potovanje na Portugalsko izbrali nespektakularen čas. Hči preroka Mohameda je menda pokopana v kraju, ki je bil imenovan po njej. Prav tam v Fatimi, kjer se srečata islamski in katoliški svet, je Marija izbrala tri pastirčke, tako smo bili poučeni v mladih letih, in se jim kar nekajkrat prikazala na polju. Danes je polje zabetonirano. Ljudje se zbirajo v množicah, prerivanje in molitev sta združena, vsi čakajo na blagoslov in čudež. Zdelo se mi je, da je tam kljub hrupu vse mrtvo, vse iz kamna, brez srca. Tam Mariji danes gotovo ne bi bilo prijetno. Hotela sem ji biti blizu in sem našla kotiček v kapelici, zgrajeni prav na kraju prikazovanja. Skoraj je ne najdeš, ob vseh ogromnih cerkvenih stavbah, v eni od njih prevladujejo križ, zlato in predvsem kamen. Prošnje množic kipijo v nebo, skupinska dinamika jih krepi. Meni pa gre na jok.

V Medžugorje smo se peljali z avtobusom. Veselila sem se tega romanja, saj sem brala o nekem svetem trubadurju, ki je tam na gori prikazovanj zasadil križ kot prošnjo za mir na svetu. Med vožnjo so se ustnice potnikov in potnic neprenehoma premikale v molitvi rožnega venca, moje pa so molčale in se niso mogle vključiti v skupinsko molitev. Kaj je bilo z mano? Dvomi so bili premočni. Ali sploh spadam v to skupnost, če sem se naveličala ustnih molitev? Moji pogovori z Materjo božjo niso normirani. Kako naj kdo drug ve, kaj ji želim povedati? To je moja osebna zadeva. Obrnila sem se k oknu, da nihče ne bi videl moje nejevolje. Zaprla sem se vase in nisem se bila sposobna z nikomer pogovarjati. To moje klavrno vzdušje se je še okrepilo, ko smo prispeli do bazilike, da bi bili pri skupni sveti maši. Prerivanje množice je postajalo vedno agresivnejše. Zapustila sem cerkev in si poiskala skriti kotiček, kjer sem se poskušala pomiriti. Vedno znova sem prosila Góspo, naj mi pomaga. Saj nočem biti grešnica, ne bi se želela upirati. Zakaj ne morem sprejeti vsega, kar mi nudi to romanje v skupini? Naslednji dan smo bili namenjeni na Križevac. Nisem vedela, da me tam čaka križev pot, ne samo Jezusov, tudi moj. Spet krvoločne pesmi, spet tarnanje, jamranje, ponavljanje Njegovega trpljenja. Vsega mi je bilo preveč. Morala sem se vsaj notranje oddaljiti od drugih romarjev. Štirinajst postaj, štirinajst krajev trpljenja, poniževanja, bičanja, padanja in vstajanja. Ozrla sem se v nebo, samo stran od trpečih. In glej! Na nebu je bil jasno in krasno viden nadangel Mihael. Vedela sem, da je on, ker se je nadnaravno svetil in je imel v roki meč. Ta slika me je popolnoma očarala. Preostale postaje križevega pota sem »opravila« mirno in srce se mi je smejalo. Z lahkoto sem hodila po kamniti poti do vrha. Trubadurjevega križa nisem našla. Pa nisem bila razočarana. Notranja toplota se mi je širila od srca po vsem telesu. Le kratko smo obstali pri križu na vrhu, preveč romarjev se je trudilo v isto smer. Pot nazaj je bila lažja. Sredi hriba nam je prišla naproti skupina romarjev, ki je imela ves vzpon še pred sabo. Bili so domačini, tako sem sklepala po njihovih oblačilih in njihovi govorici. Nenadoma mi je mlada lepa Hercegovka položila roko na ramo, čisto nepričakovano in neobičajno. Pogledala mi je v oči. Tega pogleda ne bom nikoli pozabila. Ni rekla besede, jaz pa sem slišala jasno in glasno: »Na pravi poti si, ne dvomi vase!« Iz Medžugorja je menda še vsak romar odšel potolažen in poln novih moči.

Tudi božja dekla Matilda ima humor

Kadar pa umrla bom,
v nebesa odletela bom.

Ne verjamem v večno smrt. Ne morem si predstavljati, da vsi moji ljubi, ki so že odšli na ono stran pajčolana, počivajo v miru kakor v krsti in jim pri tem sveti še kakšna večna luč.

Ste že kdaj kaj slišali o »cahnih«, znakih, ki jih umrli pošiljajo svojcem ob odhodu v večnost? Pri našem sosedu so živeli Rupratova babica, ki so bili tedne dolgo priklenjeni na posteljo in so samo še čakali smrti. Ko se jim je ta že bližala, je mlada Rupratinja poklicala župnika in sosede. Takrat je bil še običaj, da so se vsi sosedje zbrali okrog bolnikove postelje. Tudi tešinjski otroci smo klečali z odraslimi vred in molili rožni venec, da bi bil babičin prehod tja na ono stran lažji. Ko sta prispela gospod župnik in njegov ministrant, smo vsi neslišno zapustili sobo in pred hišo molili dalje. Babica so župniku povedali vse svoje grehe in zato dobili odvezo, blagoslov in popotnico za v nebo. Ko smo se spet lahko pogovarjali, seveda čisto potiho, predvsem mi otroci naj bi bili nevidni in neslišni, so babica poklicali k sebi mlado gospodinjo in jo nekaj prosili. Tam na krušni peči je stal močno obrabljen pločevinast »piki«, rdeče emajliran piskrček z belimi pikicami. Pokazali so nanj in prosili, naj se vrne pravemu lastniku. Takrat nisem vedela, da so si ga bili izposodili od nas. Potem smo odšli, babica pa so potrpežljivo čakali dalje. Naslednjo noč sta se mama in tati zbudila istočasno, po strehi je ropotalo in žvenketalo, kakor da bi se nekaj okroglega pločevinastega kotalilo gor in dol. Zjutraj so nam povedali, da so babica končno rešeni zemeljskega trpljenja. Po Tešinji pa se je govorilo, da so se prišli k Mikvavcu, torej k nam, poslovit.

Moja teorija je ta, da je smrt neke vrste recikliranje. Živimo tu na Zemlji, ustvarjeni iz telesa in duše, to pomeni iz materije in duha. Svoje kosti in mišice ohranjamo zdrave tako, da si kuhamo dobre menije ali pa dovolimo, da nam streže kdo drug in nas tako ne zmanjka od lakote. Oblačimo se v živalska ali rastlinska vlakna, ki jih vržemo stran, ko nam odslužijo. Vse to je povezano z našo materjo Zemljo. Ko umremo, predamo svoje kosti in mišice njej, tako da jih pokopljejo vanjo, kjer potem počasi trohnijo, ali pa dovolimo, da jih odpeljejo v krematorij in se tam spremenijo v pepel, torej v organsko snov, o glej, glej, to smo vendar bili tudi pred smrtjo. Pepel k pepelu!

Duša pa ima drug opravek. Nje ne bremeni več nobena organska težnost, torej se lahkotno odpravi v nov svet in nove pustolovščine. Baje jo na oni strani pajčolana čakajo ljubljene osebe, ki so že prej odšle s tega sveta. Da ji svetujejo, kako naj se vede v novem okolju, kako lahko okreva, če je bila na Zemlji bolehna, v katero smer naj se obrne, da bo čim prej zagledala božjo Luč. Sumim, da je v molitvi ob grobu mišljena prav ta »večna luč«, ki naj ji sveti, ko počiva v miru. Tako berem v knjigah o življenju po življenju. Po moje ima duša tedaj vso prostost, da lahko opravlja posle, ki jih je na Zemlji pogrešala ali zamudila, srečuje ljudi, za katere prej ni imela časa, poje ali igra kak nebeški inštrument ali pa pleše angelski balet, skratka uživa. V Tibetanski knjigi mrtvih žalujoči preminulega spremljajo na ono stran s tem, da mu dajejo napotke, kako naj ravna, ko se znajde v določenih okoliščinah. In če ob vseh navodilih ne najde poti nazaj v večno Luč in Ljubezen, naj se spet napoti na Zemljo in si poišče nove starše za novo življenje. Tudi tu se srečamo z obnavljanjem! Kdor je kdaj bral Gregorčiča, mu je gotovo v spominu ostala njegova pesem Človeka nikar. V njej premišljuje o smrti in o tem, kaj bo zraslo iz njegovih zemeljskih preostankov. Pesnik prosi ljubega Boga, naj ustvari ptico ali cvet, samo človeka ne. Ubogi nesrečnež!

Na pustno nedeljo nam je naš župnik povedal smešno zgodbo. Pridigarji naj bi govorili resno, ne bi se smeli šaliti, grajali naj bi uboge grešnike, predvsem tiste, ki tega v cerkvi ne slišijo, ker so odsotni, vernikom naj bi solili pamet s tem, da ponavljajo vsebino berila in evangelija. Ne bi smeli tvegati nobenih novih, sploh pa ne samostojnih misli, saj je zanje vse premislil in zapisal že cerkveni pisec. Naš župnik se teh pravil ne drži. Misli samostojno in jasno zastopa in izraža svoja plemenita prepričanja. Včasih kaže razumevanje celo za ljudi, ki gredo ob lepem sončnem vremenu raje na kopališče kot pa v cerkev. Kadar v naši fari kdo umre, tolaži družino in farane z iskrenimi in domiselnimi besedami, tako da smo na koncu vsi pomirjeni in srečni, da smo lahko doživeli takšno slovo od rajnega. Pot v njegovo pridigo pa najde tudi humor.

Torej: Sveti Peter, sklonjen star mož z obleko do tal, malo je že plešast, ki govori počasi, a jasno in glasno, ima službo v nebesih, kadar komu tu na zemlji odklenka. Pa nekdo potrka na nebeška vrata, ki so kakor zvezdice zlata. Sveti apostol vzame počasi nebeški ključ z vrvice, ga vtakne v ključavnico, obrne, nato pa vrata zaškripljejo in izza njih pokuka nekdo z besedami Jes sm Hu in takoj spet izgine. Sveti Vratar mirno zapre vrata, jih zaklene in počasi izvleče ključ. Obesi ga na vrvico, ki si jo spet zaveže okoli pasu. Pa spet neko trkanje. Božji učenec se obrne proti vratom, sname ključ z vrvice, ga počasi vtakne v ključavnico, obrne, vrata zaškripajo in izza njih pokuka isti človek in pravi: Jes sm Hu.

Komaj pokaže svoj obraz, že ga ni več, odide kar brez slovesa. Svetnik nejevoljen zapre vrata, zaklene in previdno izvleče ključ iz ključavnice. Saj že veste, kaj napravi potem – ključ obesi na vrvico okoli pasu. In komaj konča to važno opravilo, spet zasliši trkanje. Prizor se ponovi, kratki obisk je mimo, Petru pa je teh ponavljajočih se obiskov dovolj. Odpravi se h gospodu Bogu. Ta z dolgo brado sedi na prestolu v veliki sobani in ga že pričakuje. Seveda mu je znano, kaj želi Peter vedeti, a ga kljub temu vpraša, za kaj gre. Ključar mu počasi pripoveduje zgodbo o trikratnem obisku, ki je vsakokrat trajal samo tako kratek čas, da si ni mogel niti zapomniti obraza. Gospod Bog pa ni nič presenečen in takoj pozna odgovor: Ah, to je Hubert, ki ga v bolnici pravkar oživljajo.

Da smrt za nas, ki ostanemo tu na tem svetu, ni postlana s humorjem, ne bi želela posebej razlagati. Sebi in vam vsem želim, da nam uspe najti v najhujših trenutkih vsaj malo notranje opore ter prijatelje, s katerimi lahko delimo žalost in ki nas spremljajo v tem hudem času zemeljskega slovesa. Prepričana sem, da slutite, kako lepo bo, ko boste svoje drage spet srečali na onem svetu, ki ni niti tako daleč od nas. Ali se vam ne zdi, da imate včasih nevidno družbo z one strani pajčolana? Navrh pa vam ostane ta božansko topli občutek okoli srca. Zares vas je obiskal nekdo, ki vas ima rad.

Za tisti čas, ko se bom jaz poslovila od tega sveta, mi je nebeška deva dovolila tri želje. Te so:

Želim si, da odidem pred našim župnikom
   a) ker je mlajši od mene
   b) ker hočem slišati, kaj bo govoril ob moji odprti jami

Želim si, da bi tudi pri mojem pogrebu povedal kakšno smešno
   a) ker bi rada videla smejoče se obraze, ko se poslavljam
   b) ker želim, da bi tudi na tej strani tančice praznovali moj odhod

Želim si, da izpusti tisto prošnjo z mirom, v katerem naj počivam
   a) ker tudi onstran ne bom nikoli pri miru
   b) ker ne bom mogla mirovati, saj mi bo neprenehoma svetila Večna luč.

Deseti oktober

*Kdor obrača svoj pogled samo nazaj,
ne ve, kaj lepega dogaja se sedaj!*

Nekaj desetletij nazaj so naši politiki opazili, da se mladina ne briga več zanje. Sklenili so, da morajo nekaj ukreniti, sicer bi jim lahko zmanjkalo volivcev. In kaj bi počeli politiki, če jih ne bi nihče izvolil? Kje bi začeli? Jasno, šola je najboljši kraj za to, tako prostorsko kot tudi časovno. Ko mladi dosežejo ustrezno zrelostno stopnjo, se morajo prej ali slej zbrati v učilnicah, učitelji pa dobijo smernice, kako naj jim razširijo pogled v politično smer. Pojavil se je predmet politična vzgoja. Gotovo je bila ta uvedba s strani ministrstva za izobraževanje za dijakinje in dijake nekaj zelo koristnega. Ali so odtlej v tej zadevi bolj aktivni, vam v današnji razpravi ne morem odgovoriti, ker mi manjka volje, da bi si ogledala statistiko.

Zame so ta predmet vsekakor uvedli prepozno. Mi povojni otroci smo imeli v sebi občutek, da je politika nekaj, česar se je treba bati in čemur se izognemo, če nam le uspe. Nekateri so seveda kljub temu politizirali, a so kmalu opazili, kako jim je politika pokazala roge.

Če prav pomislim, sem politično izobrazbo uživala že od malega. Ko sem bila otrok, sem se od staršev, brata in sester naučila govoriti lepo slovenščino. Mama je bila doma v Lobniku in je svoje stavke bolj pela kot govorila. Še danes dobim solzne oči, kadar slišim koga govoriti v kapelškem narečju. Tati je doživljal svoje otroštvo v Draščah na Zilji. Moj ded se je z družino preselil v Šentjakob v Rožu, kjer je odprl gostilno in mlekarno ter dal sinova študirat na Dunaj. Moja starša sta se spoznala, ko je mama obiskovala gospodinjsko šolo v Šentpetru, tati pa je preživljal svoje počitnice doma v Pódgradu, kakor so včasih imenovali našo občino in gostilniško poslopje. Poroka je bila zelo vesela. Med svati je bil tudi Janko Mikula, ki nam je pozneje pripovedoval, kako so se mu ob poroki porodili verzi o Rožu, Podjuni, Zilji. Ko so se v mladi družini pojavili otroci, sta se starša odločila, da bo družinski jezik pogovorni jezik, torej nekakšen za vse razumljiv kompromis. Nekoč je mama pripravljala solato in me prosila, naj ji prinesem z vrta nekaj paradižnikov. Rekla je »paradižnikov«, čeprav so naši sosedje poznali »paradajzarje«. Pohvalila sem mamo, kako lepo slovenščino »marnva«. Nasmehnila se mi je: »Tako je, marnvamo!«

Moj jezik je bil slovenski, neka mešanica med prelepo rožanščino in pogovornim jezikom, in to vse dokler nisem prišla v vrtec. Tam smo se naučili prvih nemških besed. Mislim, da ni nič posebnega, če je otrok ponosen na vsako novo stvar, ki se je nauči. Z mamo sva šli v »nemško« trgovino v vasi in jaz sem lepo pozdravila »Grüß Gott«, ona pa »Dober dan!« Ko sva potem hodili po klancu navzgor domov na Tešinjo, mi je poskušala razložiti, da v tisti trgovini vse prodajalke govorijo slovensko, samo lastnica ne. Takrat nisem vedela, zakaj mi to razlaga.

Nemščina se mi je zdela imeniten jezik, ki sem se ga kar najhitreje naučila. V ljudski šoli so otroci govorili lepo rožansko narečje, le učiteljevi otroci so bili »nemški«. In kako pridni smo bili, ko smo se v prvem razredu naučili peti »Mit meiner Ziege hab' ich Freude, sie ist ein wunderschönes Tier. Haare hat sie wie aus Seide, Hörner hat sie wie ein

Stier, meck meck meck meck« (S svojo kozo imam veselje, ker je prelepa žival. Ima dlako kot iz svile, rogove pa kot bik.)! Naš učitelj je bil domačin, ki nas je pri petju spremljal z violino in je pri »meck meck meck meck« igral posebno lepo. Vsi smo ga ljubili in nismo se zavedali, kako nam je nemščina počasi zlezla v srce in postala tudi naš jezik. V četrtem razredu smo imeli »Heimatkunde«, neke vrste domoznanski pouk. Risali smo našo prelepo Koroško, ji s svinčnikom vstavljali mesta in vasi, reke in gore. In niti opazili nismo, da je naš učitelj v četrtem razredu govoril z nami samo nemško in da se je tistih nekaj besed slovenščine naučil na učiteljišču. Včasih sem ga hotela popraviti, ker se mi je zdela njegova slovenščina le preveč tuja. A sem ga preveč spoštovala. Naš veroučitelj pa mi je potrdil, da je pravilna beseda »bruhati«, ne pa »kozlati«. Vsaj nekdo, ki je razumel moje pomisleke.

Prišla je jesen in z njo naš deželni praznik. Celo uro smo barvali koroško zastavo, na koncu pa nam je učitelj dal nalogo, naj gremo v trgovino in kupimo razglednico s šentjakobskim spomenikom, ki je bil postavljen blizu ceste, nedaleč od vaške lipe sredi vasi. Slučajno sem imela v žepu nekaj grošev, za nakup tistega dneva bi zadostovalo. Prišla sem v trgovino, zaželela »Dober den« in povedala svojo željo. »*Mi nimamo takih razglednic,*« me je ošvrknila, jaz pa nisem vedela, zakaj je tako neprijazna. Šla sem v »nemško« trgovino, kjer so imeli razglednic z želenim motivom na pretek, od vseh strani in v različnih formatih. Kupila sem táko, ki bi imela dovolj prostora v zvezku za domoznanstvo. Doma sem jo hotela prilepiti vanj. Mamo sem prosila, da mi zmeša moko z vodo, iz te mešanice bi nastalo lepilo, pa se je zresnila. »Poglej, kaj vidiš na tem spomeniku!« mi je dejala. Vzela sem razglednico v roke in prebrala napis: »Dies Land bleibt frei!

Kärntner Freiheitskampf 1918–1920«. Pod njim so bili upodobljeni štirje ogromni in po vojaško oblečeni moški s puškami v rokah, obrtnik, delavec, kmet, vojak s čelado na glavi. Puške v naši družini nikoli niso bile priljubljene, ne lovske, kaj šele vojaške. Streljali so se v boju za koroško mejo – ne vem, ali sem takrat razumela, kaj to pomeni. Ko je prišel deseti oktober, je v mojem zvezku manjkal brambovski spomenik. Moj učitelj je sicer opazil prazen list, a ni nikoli omenil, da sem takrat pozabila narediti domačo nalogo. Mamo sem nadvse ljubila in dobro sem si zapomnila, kaj mi je takrat povedala. Bila je moja najboljša učiteljica politične vzgoje.

Rada bi angažirala šentjakobsko vilo, ki bi čira čara zbrisala napis s spomenika in spremenila vojake v palčke ali medvedke. Še bolje bi bilo, da bi se cel spomenik sesul v prah. Žal mi to verjetno ne bo uspelo. Čas pa je po moje zrel, da se spomin na brambovski »čar« premakne v smer proti spravi. Še danes se namreč ob desetem oktobru pred spomenikom zbirajo včerajšnjiki, obnavljajo stare vzorce in obračajo svoje oči v rjavo preteklost.

Sanjam o dnevu, ko bomo vsi enaki, ko ne bomo imeli nobenih meja in bodo vse puške sveta skupaj z vsem drugim orožjem shranjene v muzeju, tam je namreč njihovo pravo mesto!

Menedžer Oton

*Nikoli ne bom izvedela,
kako dobra igralka bi lahko bila!*

Pripravljala sem se na življenje na Zemlji. Takrat so sklicali ves angelski zbor in zame izbrali Otona, ki naj bi me spremljal kot moj menedžer. Malo se je obotavljal, potem pa je svojo nevidno zemeljsko službo le sprejel iz simpatije do mene. Odplavala sem iz nebes proti Zemlji in pristala na Tešinji pri Miklavcu.

Ko sem bila majhna, menda sem hodila še v vrtec, smo imeli v fari kaplana, svetovnega popotnika Vinka Zaletela, ki je naš mali svet bogatil z igrami. Vedno znova je okoli sebe zbral vaščane, ki so se pri njem učili tako lepe izgovarjave kot tudi igranja vlog. Dobro se spomnim, kako je moja sestra stala na podestu v vlogi Brezmadežne, v beli obleki in modri halji, vsi žarometi obrnjeni v njeno smer, ter pela psalm *Moja duša poveličuje gospoda*. To so bili časi, ko so pri nas igrali tudi Miklovo Zalo, v kateri je bila prav ona odlična Zala. Za to se je morala naučiti naše lepe rožanščine. Smela sem sedeti v prvi vrsti. Zelo sem jo občudovala. Malo sem se bala Turkov in Tresoglava, Almira pa mi je bila popolnoma nesimpatična.

Kmalu je tudi mene doletela sreča, da sem bila angažirana kot igralka. Nebeški menedžer je bil prepričan, da bom postala svetovno znana. Moja vloga je bila kratka. V šentpetrski narodni šoli, tam, kjer je danes Višja šola za gospodarske poklice, so dekleta iz Roža, Podjune in z Zilje vse leto šivale in nabralo se je mnogo lepih kril, bluz, predpasnikov, prtov in prtičkov. Proti koncu vsakega šolskega leta pa so spekle torte, rulade, ki so bile okrašene s čokoladno kremo in so spominjale na drevesna debla, in druge dobrote. Razstava teh umetnin je bila vsakoletni višek. Za nameček pa so pripravile še zaključno prireditev z govori, petjem in igro. Na njej so dekleta igrala tudi moške vloge. Prilepili so jim »moštace«, nosile so hlače in suknjič, kar takrat za dekleta sploh ni bilo običajno, na glavo pa so jim posadili klobuk. Skoraj bi verjela, da so se na odru pojavili pravi fantje. Mene pa so po nebeški intervenciji angažirali, da bi igrala otroka. Dneve dolgo sem si poskušala zapomniti dolge vrstice besedila. In dolge noči nisem mogla spati, tako sem bila vznemirjena. Verjetno sem se vedla tako nespretno, da so raje izbrali drugo igro ali drugo igralko, tega nisem preverila, saj sem se raje skrila v svoj domači brlog, koroška publika pa je bila za moj nastop prikrajšana. Ampak pokukala sem pa v ta svet.

Oton je bil zelo aktiven. Naslednjo vlogo zame je aranžiral na šentjakobskem farovškem odru. Prizor, ki se ga spomnim, je bil zelo žalosten. Bolna mati je ležala v postelji. Ker jo je igrala mlada domačinka, so ji na čelo narisali sive gube, ji na sivo pobarvali lase in jih zavezali z ruto. Mi otroci smo prišli k njej, pokleknili ob postelji in glasno molili, potem je umrla. Mene je njena smrt tako pretresla, da sem bruhnila v jok, da, tulila sem na ves glas in se nisem mogla pomiriti. Diskretno so me odvedli z odra in prizor se je nadaljeval brez mene.

Bližal se je advent z miklavževanjem. Zdaj se je že vedelo, da nisem kaj prida igralka. A Oton je vztrajal. Takrat so me angažirali za vlogo angelčka. Teh je bilo več, na odru smo pri vajah v angelskem zboru pridno peli. Tokrat mi bo uspelo, sem bila prepričana. Ali sem se preveč veselila ali pa sem imela preveliko tremo, ampak na dan pred nastopom me je začelo srbeti po vsem življu. Najprej sem to skrivala pred mamo, kmalu pa nisem mogla drugače, kot da sem se praskala po rokah in nogah, po vratu in po vsem telesu. Mama je takoj vedela, da imam rdečke. Vtaknila me je v posteljo in mi nosila čaje. Medtem so angelčki v farovžu odpeli in sveti Miklavž se je vrnil v nebesa brez moje pevske asistence. Upam, da je »potroštal« mojega Otona.

V šestem desetletju prejšnjega stoletja je bila v Celovcu ustanovljena Slovenska gimnazija. Tam se je moje šolanje nadaljevalo naslednjih osem let. Zaključne prireditve v Šentpetru in Šentrupertu pri Velikovcu, tudi tam so namreč dekleta vsako leto razstavljala tekstilne in kulinarične umetnine, so bile zelo uspešne in znane po vsej Koroški, da, celo prek Karavank. Dr. Cigan, profesor glasbe na naši gimnaziji, se je zato odločil, da bodo tudi dijakinje in dijaki te mlade ustanove pokazali, kaj znajo. Naučili smo se lepih koroških pesmi, predviden je bil tudi govor, a predvsem smo se me dekleta iz Mohorjevega doma naučile igro, katere vsebina je bila protireformacija. Imela sem že dovolj izkušenj na odru, tako da mi je menedžer priskrbel hvaležno in meni iz prakse znano vlogo učenke. Sedele smo v razredu in poslušale učiteljico, ki nam je razlagala, kako hrabro so se katoličani borili proti hudobnim protestantom. Potem sem morala dvigniti roko, učiteljica me je poklicala in povedala sem svoj stavek, ne, ne, poskusila sem povedati svoj stavek. Jecljala sem, obračala besede v vse smeri, da bi našla prave. Povedala naj bi, da so se tudi protestantje borili proti katoličanom, in v tej ihti nisem več vedela, kdo se je boril proti komu. Borba je bila grozna, potem pa so mi vse igralke sošolke pomagale in zame končale *moj* stavek. Lahko bi bila dokazala občinstvu in Otonu, kako dobra igralka sem, pa tokrat spet ni bilo nič s tem.

A Oton ni obupal. Šolala sem se tudi v Saint Louisu, kjer sem si seveda za predmet izbrala dramo. Prepričana sem bila, da še ni vse zgubljeno in da se lahko še pripravim na svojo igralsko kariero. Ves advent smo vadili božično igro. Oton je uredil, da sem igrala kraljevsko vlogo Boltežarja. Nosila sem dolgo obleko, ogrnjeno dolgo haljo, na glavi pa zlato krono. Dogajalo se je v Betlehemu. Marija je držala Jezuščka v rokah, Jožef ji je stal ob strani. Mi trije kralji pa smo svečano prikorakali izza kulis k jaslicam. Tam je bila preproga, ki ni bila originalno betlehemska. Ne vem, zakaj so jo položili prav tja, kjer smo morali korakati mi trije modri z Vzhoda. Zgodilo se je pač, da sem se ob njej spotaknila, in Melhior in Gašper sta me še ujela, da se nisem zvrnila pred božje detece.

Oton mi je dal še eno priložnost, da se izkažem. To je bila zaključna predstava pri predmetu drama. Izbrali so igro *Naše mesto*, ki jo je napisal Thornton Wilder. Naj vam povem kratko vsebino. Emily in George živita v »našem mestu«, se spoznata, vzljubita in poročita. Emily umre. Tretje dejanje se začne v mrtvašnici, kjer George objokuje svojo Emily. In tu je bil moj veliki nastop. Bilo nas je kar nekaj igralskih kolegic in kolegov. Morali smo sedeti na stolih, ki so bili razporejeni kot v cerkvi. To je bila lahka vloga in sedela sem mirno, brez napak, brez joka, brez spotikanja in brez blamaže od začetka do konca prizora. Ne vem, zakaj se po tem uspehu moj menedžer ni več oglasil. Ali me je za vselej zapustil? Verjetno bi bila z njegovo pomočjo postala svetovno znana igralka. Tako pa sem po sili razmer postala učiteljica.

Kar je

Ena mojih najljubših pesmi je *Was es ist* Ericha Frieda.

Was es ist	*Kar je*
Es ist Unsinn	Je nesmiselno
sagt die Vernunft	pravi pamet
Es ist was es ist	Je kar je
sagt die Liebe	pravi ljubezen
Es ist Unglück	Nesreča je
sagt die Berechnung	pravi preračunljivost
Es ist nichts als Schmerz	Je ena sama bolečina
sagt die Angst	pravi strah
Es ist aussichtslos	Je brezupno
sagt die Einsicht	pravi spoznanje
Es ist was es ist	Je kar je
sagt die Liebe	pravi ljubezen
Es ist lächerlich	Je smešno
sagt der Stolz	pravi ošabnost
Es ist leichtsinnig	Je lahkomiselno
sagt die Vorsicht	pravi previdnost
Es ist unmöglich	Je nemogoče
sagt die Erfahrung	pravi izkušnja
Es ist was es ist	Je kar je
sagt die Liebe	pravi ljubezen

(prevod I.K.)

Razum vidi nesmisel, strah bolečino, spoznanje brezupnost, ošabnosti je to smešno, previdnosti lahkomiselno, izkušnji nemogoče, ljubezen pa pravi, da je, kar je. Ljubezen vse sprejme, razlaga, vidi obe plati medalje, sega do dna.

V naši družbi zaseda kritičnost visoko mesto. In prav je tako. Svet je lahko hvaležen vsem, ki odkrivajo zlo, objavljajo članke, v katerih ožigosajo eno ali drugo, se borijo proti krivicam, ki se dogajajo po svetu. Brez njih se verjetno ne bi nič spremenilo. In svet ne bi bil na tekočem, kaj se dogaja.

Meni osebno pa manjka tista energija, ki bi me vodila v kritične vode. Spominjam se časa, ko sem poučevala. Nam učiteljem je bila dodeljena konferenčna soba, kjer smo se v odmorih oddahnili pa tudi malo pokramljali o tem in onem. Sedeli smo ob velikih mizah, urejenih v obliki u-ja. Imeli smo razmeroma malo prostora zase, za svoje knjige, zvezke in druge učne pripomočke. Zraven mene je sedel profesor in pisatelj Janko Messner, ki je meni in nekaterim kolegom očital nekritičnost. V svoj zagovor sem mu čestitala k njegovi kritičnosti, malo ironično, in tako je tudi razumel moj komentar. Takrat si nisva bila najboljša.

Začela sem premišljevati, kakšen je moj odnos do spornih dogodkov. Ali sploh znam popravljati, kritizirati in spreminjati hkrati? Saj to je učiteljeva naloga! Več rdečih znakov se v šolski nalogi izlije iz mojega peresa, tem boljša učiteljica sem, ali ni tako? Čim bolj udriham po aktualnih dogajanjih okoli sebe, tem bolj sem pametna.

Kaj pa politika? Ali je vredno, da vsak dogodek takoj kritiziram? Morda bi bilo bolje, da počakam, kako se bo vse razvilo. V mislih imam koroškega kulturnega referenta, ki mu je bila omemba slovenščine v koroški ustavi trn v peti. V meni se je porodila radovednost, kako se bo to rešilo. In res, prišlo je do ugovorov, razgovorov in pomislekov z vseh strani, tako da je končno res vsak Korošec ali slišal po radiu, bral v časopisu ali videl na televiziji, da smo navzoči, in to še kako, in da bomo dobili mesto celo v deželni ustavi in tu in tam tudi ostali. Baje je ta glas segel celo čez našo mejo. Tega si referent s svojim posegom v že skoraj dokončno verzijo novega osnutka za koroško ustavo gotovo ni želel doseči. In kje je tu moja kritičnost? Je ni, trenutno se samo smehljam in uživam ob vsem tem direndaju. Zdi se mi kot kaka predstava v kabaretu, nič več.

Spomnim se zgodbe o fantu, ki je dobil podarjenega konja. Kakšna sreča! Pa je padel s konja in si zlomil nogo. Kakšna nesreča! Pa ni mogel iti k vojakom. Kakšna sreča! In tako se zgodba nadaljuje – in ta zgodba ponazarja naše življenje. Na trenutke se nam zdi grozno, brezizhodno, a že naslednji trenutek se vse obrne in isto zadevo lahko ocenimo čisto drugače.

Odkar poznamo razvojno teorijo Charlesa Darwina, da močnejši preživijo in se potem razvijejo v naslednjo stopnjo, nam je očitno namenjeno, da moramo biti boljši, pametnejši, spretnejši, hitrejši, močnejši, če hočemo preživeti. Marsikomu so komolci glavno orodje, in če velja Darwinovo načelo za dežele sveta, ima glavno besedo pač orožje. Hvala bogu, da nekateri že vedo nekaj malega o pogovorih, pogajanjih in razpravljanju. Ali ne zveni pregovor *V slogi je moč* lepše od izreka *Človek je človeku volk?*

Meni je žal vsakega trenutka, ki ga preživim slabe volje. Življenje je tako dragoceno. Zakaj si ga ne bi olajšali s tem, da bi z Erichom Friedom pravočasno rekli: Je, kar je!

Kazalo

Knjigi na pot 5
Knjige – življenjski biseri 7
Hrestač 15
All inclusive 18
Polet v njen svet 23
Črno-belo in pisano 26
Bibi in Bobo 33
Zamotano 39
Miš je miš 43
Ptičja romanca 47
Rojstni dan 50
Ukročena strmoglavka 53
Celovški zmaj 58
Tešmuc 62
Robot Žabon 68
Fetišistka 73
Vrana in vran 77
Džov 81
AlternatIva 85
Moj računalnik 88
Tragedija ob ribniku 91
Rajčica 94
Zlato vretence 99
Hmelj in ječmen 102
Fran Korojan 107
Zmaj v računalniku 110
Angelove trepalnice 112
Ti ali jaz 115
Jeseni 117
Moj prijatelj Ferdinand 121
ITI 125
Naše domače živali 131
Le kaj naj oblečem 136
Medžugorje 140
Tudi božja dekla Matilda
  ima humor 145
Deseti oktober 150
Menedžer Oton 154
Kar je 158